mc Melhores Contos

Lêdo Ivo

Direção de Edla van Steen

mc *Melhores Contos*

Lêdo Ivo

Seleção de Afrânio Coutinho

© Lêdo Ivo, 1986
2ª Edição, Global Editora, 2001
1ª Reimpressão, 2008

Diretor Editorial
JEFFERSON L. ALVES

Assistente Editorial
ROSALINA SIQUEIRA

Gerente de Produção
FLÁVIO SAMUEL

Revisão
KIEL PIMENTA
SÍLVIA CRISTINA DOTTA

Dados Internacionais de Catalogação na Publicação (CIP)
(Câmara Brasileira do Livro, SP, Brasil)

Ivo, Lêdo, 1924-
 Melhores contos de Lêdo Ivo / seleção de Afrânio Coutinho. – 2ª ed. – São Paulo : Global, 2001. – (Melhores contos ; 18)

Bibliografia
ISBN 85-260-0394-1

1. Contos brasileiros I. Coutinho, Afrânio, 1911-2000 II. Título. III. Série.

94-3388   CDD–869.935

Índices para catálogo sistemático:

1. Contos : Século 20 : Literatura brasileira 869.935
2. Século 20 : Contos : Literatura brasileira 869.935

Direitos Reservados

**GLOBAL EDITORA E
DISTRIBUIDORA LTDA.**
Rua Pirapitingüi, 111 – Liberdade
CEP 01508-020 – São Paulo – SP
Tel.: (11) 3277-7999 – Fax: (11) 3277-8141
e-mail: global@globaleditora.com.br
www.globaleditora.com.br

Colabore com a produção científica e cultural.
Proibida a reprodução total ou parcial desta obra
sem a autorização do editor.

Nº DE CATÁLOGO: **1783**

Afrânio Coutinho nasceu na cidade do Salvador, Bahia, em 15 de março de 1911. Formado pela Faculdade de Medicina da Bahia, não exerceu a carreira médica.

Em 1940, com *A Filosofia de Machado de Assis*, projetou-se como ensaísta e crítico.

Sua vasta obra de crítico, polemista, ensaísta e historiador literário (*Correntes Cruzadas, A Nova Crítica, Introdução à Literatura no Brasil, A Tradição Afortunada*) testemunha a sua atuação renovadora. Autor da *Enciclopédia de Literatura Brasileira* e *A Literatura no Brasil*, 6 vols.

Afrânio Coutinho pertenceu à Academia Brasileira de Letras. Faleceu em agosto de 2000.

SUMÁRIO

Lêdo Ivo e a Experiência da Imaginação............	9
Quando a Fruta Está Madura...........................	15
O Flautim	19
A Roda-Gigante..	21
A Mulher Gorda..	25
Borboleta Branca..	31
O Vôo do Morcego	33
O Ministro...	39
A Resposta...	45
Apartamento Térreo	49
A Chave no Mormaço....................................	53
Natal Carioca...	57
O Vento	59
O Amor em Grajaú	67
Tasmânia	69
Os Dois Amigos..	73
História de Natal..	79
A Viúva e o Estudante	83
Zenóbia	91
Os Emblemas do Mar	97
Use a Passagem Subterrânea	101

Os Ociosos 107
Papanastássio 111
Domingo Longo 121
Imunidades 127
A Revolução 131
Biografia 135

LÊDO IVO E A EXPERIÊNCIA DA IMAGINAÇÃO

Ao terminar a Segunda Guerra Mundial, em 1945, as vanguardas literárias no Ocidente foram tomadas de uma intensa busca de novos rumos estéticos, inconformadas com a situação de estagnação em que se encontravam, na opinião geral de artistas e críticos, as correntes ou tendências anteriores. No Brasil, em 1945, considera-se que começou uma nova fase, a terceira do movimento modernista iniciado com a Semana de Arte Moderna em 1922. O esgotamento do Modernismo ortodoxo estava a exigir uma renovação em todos os sentidos. Foi o que empreendeu um grupo de intelectuais que passou à História como Geração de 1945. O fenômeno não foi limitado ao Brasil, mas inserido em todo um processo internacional e ocidental, interpretado por figuras que procuravam a reconstrução formal, verdadeira contrapartida estética do geral desejo de reconstrução material de pós-guerra.

Tentava-se, por toda a parte, encontrar uma nova linguagem, que expressasse os anseios de renovação. Poetas e prosadores, muito embora sob o signo da diversidade, reuniram-se então pela preocupação formalista, encarando o poema e o romance como uma construção e uma estrutura, antes de cunho estético do que histórico. Também a crítica literária encontrou, a partir da mesma época, uma nova direção no sentido da compreensão estética do fenômeno literário, visto como obra de arte de linguagem, um monumento estético, e não um documento histórico, social, econômico ou político, tal como o via a teoria literária e a crítica decimononista.

Nesse contexto, inscreve-se a obra de Lêdo Ivo, marcada desde o início pelo empenho formal e pela criação de uma nova linguagem.

Distingue-o ser um artista literário. Entende que os seus aliás notáveis dons nativos devem ser ampliados e aprimorados mediante cultura pessoal. Para ele, a operação literária assume a posição de uma permanente aprendizagem, no que segue a lição e o exemplo de Machado de Assis, em quem, outrossim, a obra de arte reúne o elemento local e o universal.

A obra literária de Lêdo Ivo — poesia, romance, conto, ensaio, crônica — é um conjunto colocado sob o signo da criação poética e da investigação crítica. Um poeta que entende ser a visão crítica inseparável da visão criadora.

Lêdo Ivo dá uma grande importância ao que ele chama "a experiência da imaginação", a qual completa o universo formado pela experiência pessoal e biográfica e pela experiência cultural (leituras, viagens etc.).

A sua ficção (os romances *As Alianças, O Caminho sem Aventura, O Sobrinho do General* e especialmente *Ninho de Cobras* e *A Morte do Brasil*, seus romances da maturidade) documenta essa fidelidade a uma realidade forjada pela linguagem. Ele é o ficcionista da solidão, das ilusões perdidas, da incomunicabilidade entre os seres em busca da identidade.

E na mesma linha ficcional estão os seus contos. Autor de apenas um livro de contos, *Use a Passagem Subterrânea*, ele se impôs, pela qualidade de suas pequenas histórias, como um dos cultores desse gênero, emprestando-lhe grande relevo entre os melhores da atualidade.

Caracteriza o conto de Lêdo Ivo o universo cotidiano iluminado às vezes por uma insólita luz poética ou mesmo fantástica. Um universo de pequenos seres anônimos. A iluminação da infância. O registro de um instante.

Mais fundamentalmente ainda a precisão narrativa, a ambigüidade também presente nos romances *Ninho de Cobras* e *Morte do Brasil*; a maneira sibilina de narrar, especialmente quando retrata situações equívocas como no conto "Quando a Fruta Está Madura" e "A Viúva e o Estudante", histórias de traição mas também de descoberta do erotismo e da inocência.

Em alguns outros contos, como "A Resposta", é a própria linguagem cheia de sortilégios que é a personagem — a palavra evocadora tem o poder de reconstruir o mundo, ou construir um mundo da linguagem paralelo ao mundo cotidiano. Neste caso, o conto é uma metáfora.

Seus temas são a solidão, a desilusão, o desencontro, a colisão da criatura humana com a realidade, a evasão presente tanto nos contos da infância, com o mar e os navios, como nas histórias cariocas. Já o disse antes, sua obra, caracterizadamente obra de um poeta, de um artista, criador e inventivo, é também uma demonstração de notável capacidade e segurança artesanal. A modernidade e a contemporaneidade estão presentes na sua obra, haja vista a desagregação e fragmentação de textos, como em *Confissões de um Poeta*. Também se observa a fusão entre o geográfico e o regional, a análise psicológica e a sondagem das personagens com o ambiente — surgindo então a Maceió de sua sua infância e adolescência e o Rio de Janeiro onde mora desde a juventude. Neste sentido ele segue a lição dos grandes realistas que são também analistas do coração humano — Balzac, Flaubert, Joyce, Proust e o nosso Machado de Assis. Sua realidade é uma realidade situada, nas cidades que são cenários de sua obra, com todas as referências topográficas e físicas, nas quais circula o elemento humano. Voltado para as criaturas, perspectivas urbanas, paisagens, coisas, é um dos escritores mais visuais e imagísticos que possuímos. Escreve como se estivesse utilizando uma câmera cinematográfica ou fosse o olho dessa câmera.

As comparações são dispensáveis, já que cada artista legítimo ocupa um espaço novo, amplia o espaço da literatura nacional. Mas cabe reconhecer que, em seu desempenho estético, Lêdo Ivo se filia à grande e privilegiada linhagem artística de Machado de Assis, distinguindo-se pelo apuro técnico, pela visão pessoal dos homens e da vida, pelo estabelecimento de uma língua literária autônoma e ligada à língua coloquial e convivial. Por isso tudo, ocupa ele posto de grande destaque entre os escritores que atualmente constroem a literatura brasileira autônoma e sumamente peculiar, na prosa e na poesia.

Afrânio Coutinho

CONTOS

QUANDO A FRUTA ESTÁ MADURA

Parecia que estávamos dentro de um pomar. Toda a casa recendia a mangas maduras. O cheiro penetrante nos perseguia desde que minha mãe recebera aquele presente, mandado por uma velha amiga que morava no Poço, num sítio cheio de mangueiras e cajueiros. "Que mangas lindas!", fora o comentário geral quando, na sala de jantar, o moleque começara a tirar de um saco de estopa aquelas frutas excessivas para a pequena família. Umas eram róseas e amarelas, redondas e bojudas; outras, as mangas-espada, tinham as cascas verdes rajadas de amarelo, e terminavam finamente como caudas de peixe; e havia ainda numerosas mangas miúdas e gordas, as carlotinhas. Mas de todas elas se evolava igual perfume — alguma coisa de inebriante, de uma doçura incomparável.

Durante alguns dias as mangas foram a atração da casa. Cheiravam como flores. Moscas voejavam em torno delas, pousando de preferência nos pontinhos escuros que quase todas traziam, e se foram alastrando, convertidos em manchas.

— Vocês precisam chupar essas mangas — era a advertência de minha mãe.

E cada um de nós assentia. Eu preferia as mangas-rosa, com a sua casca parcialmente dourada. Eram tão belas que não queria que elas murchassem ou morressem. Era a vida que estava nelas, igual a um sol escondido ou um verão, que me atraía.

Dias depois, já estávamos um pouco enfastiados de tanto chupar manga. Algumas já acusavam, em suas manchas largas, na moleza das casas e no pertinaz voejar das moscas, o sinal da morte e da podridão.

No fim do almoço, meu pai cortou com a faca um pedaço de fatia já comprometido, e comentou:
— Foi manga demais. Elas já estão apodrecendo.
Veio o café. Meu pai contou então o seu encontro, no Tribunal, com o meu padrinho, que era juiz. E mais uma vez me felicitou por ser afilhado de um homem tão íntegro e austero, orgulho da magistratura alagoana.
— Um juiz insubornável — garantiu. — Em Alagoas, não há ninguém que conheça tanto os Códigos. E tem uma grande cultura jurídica. Foi o primeiro da turma, no Recife.
A menção ao meu padrinho inspirou minha mãe, que teve a idéia de presentear a comadre com algumas mangas, cuidadosamente selecionadas entre as que jaziam na fruteira, à espera de nossos dentes ou do apodrecimento irremediável.
— Você vai levá-las quando o sol baixar um pouco.
O sol. Nas ruas, as brancas sombras dos homens vestidos de branco rasgavam o mormaço, diluíam-se luminosamente na distância. Eu caminhava do lado da sombra. As mangas iam embrulhadas num papel cor-de-rosa, e o perfume delas me envolvia. Era como se eu estivesse atravessando um bosque.
O meu padrinho morava perto da praia, numa casa avarandada, pintada de verde, e com uns ornatos brancos que imitavam flores. Da rua, viam-se as estantes pejadas de livros, sinal veemente da sua cultura jurídica e da retidão do seu caráter. O portão estava aberto. A empregada me disse que o meu padrinho já saíra — era dia de julgamento — e minha madrinha estava fazendo a sesta.
No quarto em que entrei, estava armada uma rede, e dentro dela a minha madrinha me recebeu com um sorriso. Era uma mulher baixa e gorda, de cabelos negros que escorriam desalinhados pelos ombros. As maçãs do seu rosto se tornaram mais salientes no momento em que, pedindo-lhe a bênção, avancei para beijar-lhe a mão — uma mão de dedos pequenos e rechonchudos, e de unhas vermelhas como pitangas.
— Deus te abençoe, meu filho.
Desembrulhei as mangas e ela me recompensou com um novo sorriso que a rejuvenescia, e devolvia ao seu rosto de sobrancelhas depiladas uma espécie de inocência perdida.
— Que cheiro têm essas mangas!
O olor penetrante começava a apossar-se do quarto, parecia atingir até os punhos da rede que não rangia (ou rangia muito docemen-

te) e as paredes brancas que a porta encostada escurecia. Era um cheiro de pomar, de terra cavada em dias de chuva, de coisas que amadureciam secretamente na escuridão musguenta das árvores, de grutas molhadas. E era também um cheiro de ninho, escuro e até viscoso apesar de sua envolvente doçura. Minha madrinha e eu o sentíamos igualmente, e o respirávamos como a um segredo.

Então, no silêncio e no escuro, a minha madrinha me disse: — meu filho, fecha aquela porta à chave.

Obedeci mudamente e tornei a ficar a seu lado, junto às mangas maduras. Na quase escuridão, ela estendeu o braço para mim, sem me olhar. A rede abaixou um pouco, com o novo peso. Minha madrinha abriu o roupão de chita, e entrei nela como um pássaro num ninho. As suas mãos se moviam sabiamente, sem a menor impaciência ou sofreguidão. Mãos de fada. Dir-se-ia que eu estava dando um mergulho no mar e fazendo movimentos lentos e coordenados para vir à tona. Mas, na vertigem sufocante, era como se estivesse ali um ninho de passarinho, escuro e acolhedor, com os seus gravetos ao mesmo tempo arranhentos e macios, e a sua secreta umidade, e o seu brando calor de ovos chocados e vidas que vão nascer, para depois conhecer a podridão e a morte. Eu estava nadando, eu estava flutuando no ar de um céu partido em dois e caindo de grandes alturas, eu estava penetrando no negrume de uma caverna escorregadia. No silêncio, só as mangas falavam, colocadas no chão, junto a um par de chinelos. A fragrância delas diluía outros cheiros aparecidos, inclusive o suor que escorria dos sovacos de minha madrinha, que também eram escuros e tufosos como ninhos.

Senti um arrepeio quando ela passou a língua na minha orelha, numa carícia final.

— Meu filho, qual é a sua idade?

Estávamos em janeiro, e eu tinha doze anos, mas respondi:

— Vou fazer treze anos em agosto.

— Já está um homem — foi o seu comentário.

Quando deixei a casa de minha madrinha, o mormaço, branco e ondulante, me estonteou. Passei no Tribunal. Lá estava o meu padrinho, julgando as criaturas humanas, insensível a tudo o que não fossem a Lei e a Justiça. Era um homem íntegro e justo. Meu pai costumava dizer-me: "Se há um juiz insubornável em Alagoas, é o seu padrinho".

Depois do jantar, veio-me a vontade de chupar uma manga. Meu pai não concordou, alegando que manga era uma fruta indigesta à noite. E completou:

— É um verdadeiro veneno.

Realmente, naqueles dias, só de manhã e após o almoço as mangas tinham sido distinguidas pela nossa gula, o que confirmava a advertência paterna. Mas a circunstância de tratar-se, agora, de uma fruta proibida, aguçava mais o meu desejo. E havia ainda o aroma capitoso, que à noite parecia avivar, tornando-o rival do jasmineiro da varanda.

Meu pai saiu, como era de seu hábito, para conversar com os colegas, à porta do Bar Colombo. Minha mãe se refugiou no oratório — todas as noites, ela rezava um terço para que meu pai ganhasse uma grande questão contra a Great Western.

Não havia ninguém na sala de jantar. Aproximei-me da fruteira, e escolhi uma manga-rosa, redonda como um seio. Saí para o quintal. Bananeiras fremiam, tocadas pela aragem vinda do mar. No céu, ralo de estrelas, nuvens fofas e brancas se deixavam iluminar pelo clarão resvaladiço de uma lua escondida. Comecei a chupar a manga. A polpa fibrosa se derretia na minha boca. Embora eu tivesse jantado bem — era galinha ao molho pardo, um dos meus pratos preferidos —, sentia um apetite estranho. Das comissuras dos meus lábios, escorria um sumo doce e espesso, e até licoroso, que descia até o queixo e depois pingava, sujando a minha roupa.

Foi a melhor manga que já chupei em toda a minha vida. Depois joguei fora o caroço.

O FLAUTIM

Um cidadão em Santa Teresa possuía um país secreto que lhe consumia os melhores minutos da existência.

Gostava de tocar flautim. Nos dias de trabalho, só pela manhã lhe era concedido colocar os dedos no sóbrio instrumento e soprá-lo. Mas havia os sábados e, mais que estes, os domingos. No quarto modesto, defronte à janela aberta, ele entoava a sua música, ora imitando composições alheias, ora deixando que uma nesga de céu o inspirasse e o fizesse compartir as sugestões da natureza. Músico de ouvido, tinha olhos de bom contemplador das obras de Deus e dos homens, e tanto isso era verdade que o flautim não silenciava. Basta dizer que, no apartamento de lado, havia um advogado que se habituara a dormir embalado pelo doce refrigério musical, que amortecia os nervos como a flauta de um hindu.

O apartamento era pequeno. Solteiro, o cidadão tinha o flautim como outros têm mulher, filho, quadro abstrato ou coleção de selos. De tinta romântica, sonhava ser enterrado um dia juntamente com o instrumento, já tendo feito a recomendação cabível às pessoas mais íntimas.

À primeira vista, todos gostavam dele e do instrumento. Uma senhora do quarto pavimento chamava a atenção dos filhos para a música do flautim, e era de opinião que não havia melhor educação artística para os garotos, gratuitamente deslumbrados sem precisar sair do edifício. A cozinheira do apartamento dos fundos desde muito vivia entre dois fogos, pois não sabia o que mais amar no mundo, se as novelas de rádio ou a música do flautim. Uma solteirona do térreo, encontrando o flautinista à saída do elevador, lhe declarara que sua música possuía um sentido religioso. Tal opinião não era partilhada pela jovem casadoura do 807, que sublinhara: "Isso é música de quem teve um amor contrariado." E todo o edifício contava com a sua tarde de sábado e seu inteiro domingo consagrados às alegrias e pungências do flautim.

Certo domingo, no momento em que o músico procurava traduzir em sonoridades o vento que lhe entrava pelo quarto, a campainha soou. Foi abrir, e um homem gordo e suado se apresentou: viera ver o flautim.

Ante a surpresa e tartamudeio de nosso personagem, exibiu um jornal daquela manhã e um anúncio assinalado. Trêmulo, o flautinista leu: "Por motivo de viagem, vende-se um flautim completamente novo, marca inglesa, sonoridade magnífica. Preço: 100 cruzeiros. Ver e tratar à..." Seguiam-se nome e endereço.

Ele explicou a farsa que havia em tudo aquilo. Não tencionava vender o flautim, decerto fora alguma brincadeira de colegas.

Cinco minutos depois, era obrigado a dar a mesma explicação a outro senhor, desta vez esgalgo e irônico.

Voltou ao instrumento. Não decorrera ainda meia hora, e sua música se interrompia no momento em que ele ousava captar o pipilar de um passarinho no parapeito da janela. Como se fora um rito, realizou-se a mesma explicação, e as desculpas coincidiram com a decepção dos compradores interessados naquele negócio da China.

Até a noite, desfilaram pela porta do apartamento os inúmeros candidatos àquele flautim inglês, mágico de sons, a ser vendido por uma ninharia, o que não representaria uma venda, mas doação milagrosa.

Exausto, amargurado, o músico enfim compreendera que havia no edifício alguém que não suportava sua modesta e amorosa arte, e pusera o anúncio infamante. Sentiu-se rodeado de inimigos que queriam suprimir-lhe o único deleite da vida.

Teve forças, contudo, para reagir ao anônimo desafio, e continuou a dedicar ao instrumento as suas horas feriadas.

Sua música, porém, não festejava mais a alegria solar, a grandeza da paisagem, a doçura da manhã. De entusiástico, ele se tornou elegíaco. Todos, no edifício, sentiram a transformação do músico. A solteirona triunfava, pois o sentimento religioso suplantava a sugestão do amor. E a cozinheira, derramando furtivas lágrimas na macarronada, temperando-a com a sua emoção, exigia que se desligasse o rádio que transmitia, barulhento, um drama capaz de comover as pedras.

A RODA-GIGANTE

Do alto da roda-gigante, o menino viu o mundo às avessas, o universo abismal de onde jorravam ilhas de luz, e não pôde conter-se. Todo ele medo e espanto, passou a gritar: "Pare seu Zezinho! Pare, seu Zezinho!". Mas seu Zezinho, o proprietário da roda-gigante instalada no parque de diversões da festa de São Benedito, não o ouvia. Ou melhor, demorou a ouvi-lo, talvez porque não fosse fácil parar o engenho engalanado de luminárias que rodava na grande noite ruidosa. Assim, o vertiginoso terror durou algum tempo — no máximo alguns minutos que, ao guri estarrecido, pareceram séculos. E decerto seus gritos repetidos foram ouvidos por muita gente, freqüentadores do parque de diversões que terão parado por um momento para escutar a exclamação lancinante que dava a impressão de vir das estrelas.

Eu tinha oito anos. Desde que minha família se mudara para o centro da cidade, o meu sonho era andar na roda-gigante. O carrossel dos cavalinhos não aplacara a minha ânsia de aventura. Era um gingar, a meia-verdade de um galope redondo. E meus olhos se voltaram para a roda-gigante que haveria de assegurar-me a dádiva de mundos nunca vistos dos telhados luminosos onde as criaturas saíam de seus sigilos e paciências de aranha para as rotinas janeleiras. Desde os preparativos da festa de São Benedito que ela me atraíra, com as suas cadeiras penduradas no vazio, como uma sucessão de vertiginosas varandas. Tendo travado conhecimento com o proprietário, um tal de seu Zezinho, muitas vezes eu me aproximara dos homens que a estavam instalando, ouvia as conversas.

Na noite inaugural, fora a primeira coisa que eu vira, ao acercar-me da praça — o luminoso inseto. Não me atrevera a comprar a entrada. Detivera-me olhando os seus corajosos passageiros. Eram namorados, soldados do 20 acompanhados de empregadas domésticas, uma ou outra pessoa provecta, alunos do Liceu e do Colégio Diocesano. De quando em quando, reparava num menino de minha idade que comprava o bilhete e ficava esperando a sua vez; e tal presença fazia a coragem acrescer-se ao desejo.

Nos intervalos em que a roda-gigante parava para receber passageiros, eu levantava a cabeça e via, no alto, os casais tranqüilos. E a ausência ou talvez indiferença ao perigo aumentava o meu estímulo.

Uma noite, resolvi andar na roda-gigante. A decisão se aproveitou do desejo manifestado pelos irmãos mais velhos, Lou e Napoleão, e limitou-se a um "também vou" que escondia o frêmito íntimo, a enormidade de uma coragem que se disfarçava no ato de apertar entre os dedos os tostões do ingresso. E fui — não me lembro mais quem ficou ao meu lado, se Lou ou Napoleão. O certo é que essa companhia de nada serviu para acalmar-me ou infundir-me confiança. Pois assim que a roda-gigante começou a girar, e o mundo apareceu às avessas, passei a gritar: "Pare, seu Zezinho. Pare, seu Zezinho".

Eram segundos de vertigem; as barracas iluminadas, o toldo do carrossel, as músicas que se misturavam no ar, o mar de cabeças, as coloridas bandeirolas de papel, os homens munidos de espingardas que jogavam tiro ao alvo, tudo passava e voltava, numa sucessão de relâmpagos. Eu agarrava-me à cadeira, temia cair, sentia que estava caindo sobre a multidão, logo era de novo alçado à negra altura de onde jorravam estrelas, ou então empurrado em direção à torre da igreja onde monsenhor Capitolino rezava diante do altar iluminado, ou a uma grande árvore situada numa das esquinas da praça.

Às constelações, às nuvens, ao abafado rumor do mar arredio, a outros frontispícios do mundo, ou contrapunha, como um emblema, tudo o que em mim havia de desamparo, medo e desolação. Seu Zezinho não me escutava, talvez não estivesse junto à roda-gigante. Ninguém me escutava. Possivelmente o meu irmão tentava acalmar-me, dissipar aquele medo que lhe roubara o direito de usufruir de todas as delícias do divertimento. Não era inadmissível que o meu terror tivesse contagiado algum dos passageiros da roda-gigante. Como era estranho o mundo visto de cima! Era como se um pesadelo e um sonho feliz lutassem, no mesmo horizonte noturno. A atmosfera de terror e desolação de um fundia-se ao encanto feérico do outro. E, nessa batalha, a porção de deslumbramento fora derrotada.

De repente, senti que o girar da roda-gigante ia ficando vagaroso. Toda aquela mutação de seres e luzes, vozes e músicas, tornava-se mais lenta e, portanto, infundia segurança. Afinal, a roda-gigante parou, e saí correndo, para fugir ao vexame das curiosidades ou indagações, fui esconder longe a minha vergonha, apagar sozinho os sinais do medo.

    Meus irmãos passaram alguns dias zombando de mim, repetiram a frase lancinante, "Pare, seu Zezinho! Pare, seu Zezinho!". Depois esqueceram. O tempo desbotou as bandeirinhas triangulares da praça; as músicas silenciaram; calou-se o ranger da roda-gigante. Monsenhor Capitolino morreu, um dia, diante do altar, foi reunir-se no céu ao santo preto, a cuja glória servira, construindo-lhe uma igreja. E de tudo, das luzes e sombras, do perfume dos corpos das moças que tomavam banho ao entardecer e à noite desfilavam na praça, das beatas que não perdiam a novena, de tanto rumor vário nada restou, a não ser a frase do menino que encontrou o medo e o desamparo onde esperava achar apenas deslumbramento.

    "Pare, seu Zezinho", exclama de novo o menino. Mas a roda-gigante mudou-se na própria máquina da memória, gira agora ininterrupta como o tempo. E o mundo, visto sempre às avessas, é mais uma vez terror e sortilégio, tanto no pequeno largo iluminado que aumenta e diminui na terra negra como na escuridão onde as mesmas constelações são emblemas de um mistério perpétuo.

A MULHER GORDA

Quando casaram, ela era magra. "Cintura de vespa!" Seu corpo fino e frágil atraíra, muitas vezes, essa expressão. Foram passar a lua-de-mel em Mangaratiba. Voltou mais gorda. Os ares marinhos, as ondas desdobradas, o cheiro de marisco que se esvaía ao fluir da tarde, as refeições de peixe, tudo haveria de se ter refletido em suas formas e cores. E regressara mais forte e disposta. Os parentes não sabiam a que atribuir isto, se à vilegiatura, se ao amor; e os temperamentos conciliatórios, que não são poucos nas famílias numerosas e irradiadas pelos bairros em longas e enfadonhas parentelas, terminaram admitindo que ambas as coisas tinham contribuído para aquela metamorfose miúda, mas digna de nota. Tanto a paisagem como as primeiras efusões conjugais haviam concorrido, por igual, para aquele ganho de carnes novas.

No apartamento em que ficaram morando, numa rua transversal do Flamengo, Elvira — que este era seu nome, dado, com as primeiras fraldas, por um tio boêmio, amante dos folhetins — continuou como se ainda estivesse recebendo no rosto o salitre de Mangaratiba. A sogra, achando-a mais "cheia", como costumava dizer, perguntava-lhe se já podia contar com um novo neto. Ela balançava a cabeça, e esse movimento se lhe refletia no busto, que não era mais como o de seus tempos de solteira; também se avolumara, aquinhoado pela benemerência íntima espraiada por todo o seu corpo.

Alegre, bem-disposta, Elvira apresentava, dia a dia, outros sinais de mudança. Quando casara, pesava dez quilos menos que o marido. Um ano depois, pesava dez quilos mais. Enquanto Felisberto, ajustado à vida conjugal, engordara apenas alguns quilos parcos que nem chegavam a ser notados, ela continuava progredindo. E, mais rica de carne, tornara-se também desembaraçada, embora não voluntariosa. Passara a ser uma dessas criaturas despachadas que não conhecem as dificuldades, devolvem ao tintureiro os ternos mal-lavados e, cuidadosas do seu orçamento doméstico, regateiam nas feiras.

Cedo a sogra se decepcionou. Embora a cintura de Elvira fosse cada fez mais infiel às medidas antigas, negava-se a prenunciar-lhe um neto. Não havia casos de esterilidade na família — sua árvore genealógica perdia-se em todos os subúrbios cariocas. Ela falou com o filho. Felisberto encolheu os ombros, num gesto herdado do avô, que fora da intimidade de Quintino Bocaiúva, e não disse nada. Ciosa da continuação de sua espécie, ela insistiu, sugeriu que ambos deveriam ir a um médico. Felisberto voltou a encolher os ombros. Não o ousava confessar, mas em seu espírito fluía obscuro filete de desconfianças, a intuição de que talvez fosse ele o responsável. Engordara apenas três quilos, desde o casamento, enquanto Elvira, alegre e dominadora, parecia transbordar de saúde e felicidade.

O não terem filhos não causou decepções a ambos, nem suscitou recriminações mútuas. Não foram ao médico. "Deus não quer", dizia ela, quando alguma visita tocava no assunto. E seu instinto maternal era todo filtrado nas atenções e carinhos que dispensava ao marido.

O contraste entre ambos já se ia tornando exorbitante. A mulher gorda e o marido magro não formavam um par harmonioso. Ela chegava a parecer mais alta. Felisberto quis, então, deter aquela adiposidade que os meses tornavam cada vez mais sólida e expansiva, e quase triunfal. Só havia um caminho: evitar que ela comesse tanto. E comer era a única paixão de Elvira. Seu café da manhã era puxado: leite, ovos, mel, presunto, frutas, mingau. Não costumavam almoçar juntos, pois Felisberto saía cedo para o trabalho e só chegava à casa de noite. Bastava, porém, o jantar para dar idéia das refeições de sua mulher. O peixe cozido, a carne ensopada com quiabo, os camarões, os pirões, as talhadas de melancia, as frutas denunciavam o aparato com que Elvira satisfazia sua gula.

Felisberto não sabia se ela era gorda porque comia tanto, ou se o apetite demasiado decorria da gordura. E não podia censurá-la. Só no que era de boca se manifestava a generosidade de Elvira. Sem vaidade, fazia compras nas lojas que anunciavam saldos. Seus vestidos, confiava-os a uma costureira modesta. Nas feiras e armazéns, pechinchava sempre, exigia abatimento. Preferia esperar pelos filmes nos poeiras. Felisberto se habituara a entregar-lhe o salário, todo fim de mês; ficava só com o que ia gastar em transporte, cigarros, jornal. Até suas roupas, Elvira impusera que deveriam ser compradas feitas, e assim mesmo em período de remarcações, forçando-o a abandonar um alfaiate antigo, dos tempos de solteiro. E uma de suas primeiras providências, ao receber o dinheiro do marido, consistia em separar o que, na manhã seguinte, deveria ser depositado na Caixa Econômica e serviria para a sonhada casa própria.

Felisberto não podia ter queixas. Elvira nem sequer pintava as unhas: alegava que, costumando ela mesma lavar parte da roupa de casa, seria luxo inútil e dispendioso.

Havia somente aquela fome. Ela não ocultava que, quando ia à cidade aproveitar as "queimas", parava numa pastelaria e se empanturrava de croquetes, bolinhos de bacalhau, siris recheados. Às vezes, trazia algo para o jantar, uma pizza ou um pudim.

Aos domingos, ela se esmerava. A galinha ao molho pardo, o bom e gordo cozido, a carne assada, a suculenta dobradinha com um pirão do próprio caldo eram preparados como se Elvira estivesse cumprindo um rito. Nada, porém, poderia equiparar-se à feijoada completa, com paio, lingüiça, mocotó de porco e algumas folhinhas de louro para dar o gosto exato. Elvira era a própria cozinheira, um pouco por economia, um nem sempre bem-disfarçado instinto de poupança, e o outro pouco por não permitir, no mais entranhado de si mesma, que mãos alheias, e por isso indignas, tirassem as escamas do badejo ou as penas do frango.

Quando fizeram dez anos de casados, Elvira já se transformara numa matrona. Na família, os mais ousados não se continham — como engordara! Havia os que discorriam sobre distúrbios, glândulas, e juravam que ela voltaria à antiga finura de corpo, se se submetesse a um regime. Elvira sorria, com os dentes brancos e afiados ajustados ao seu apetite. E agora já não eram mais dez nem quinze quilos que os separavam. Felisberto pesava sessenta. Elvira pesava cem, talvez mais. E aquele número redondo e gordo, embora de som breve, era repetido pela parentela do marido que, vendo-a imponente e farta, lamentava o infortúnio do pobre Felisberto, obrigado a trabalhar a vida inteira para sustentar aquela abundante montanha de carne.

Muitas noites, Felisberto, insone, ficava a pensar na vida. Escuridão: a noite, sendo treva, era como se não existisse. Vinham rumores de fora — um galo, um veículo, um passo boêmio ou aflito. Do corpo adormecido de Elvira, escorria o rumor que abafava esses espaçados ruídos externos. Ela roncava: era uma respiração que provinha das entranhas de uma carne satisfeita e bem nutrida. E, de repente, Felisberto refletia que, enquanto vivesse, haveria de ouvir esse ronco em sua noite. Como uma sereia, ele estava ali, castigando-o, sinal da presença numerosa que partilhava, com ele, do mesmo colchão. Seu dia de tédio, o suor no colarinho, a unha suja de tinta, o guarda-chuva no braço, todos os atos de sua vida, os episódios mais fatigantes ou aborrecidos, haveriam de encaminhar-se para o incômodo esplendor daquele ronco invariável. Felisberto, o sono perdido, reconhecia que Elvira era uma boa companheira, econômica, fiel, carinhosa, alegre. Quarenta quilos, porém, os separavam. Ao estreitá-la, comparava-se com o banhista que, andando sobre o mar, sente a areia faltar-lhe debaixo dos pés. Pungia-o a saudade dos dias de Mangaratiba: tão longe, sumidos num horizonte de vento e areia, evaporados para sempre, como as linhas do corpo de Elvira se haviam perdido na ampliação triunfante de sua carne. Recordava-se da avidez de sua mulher quando, nos passeios aos domingos, ambos se detinham diante de uma confeitaria. Não, sua Elvira se diluíra entre duas ondas, no mar cheio de sol de Mangaratiba. A que trouxera de volta, no trem fuliginoso, já não era a mesma — comia bananas compradas antes do embarque e jogava as cascas pela janela do vagão. E o pior era que lhe faltava coragem para recriminá-la. Como impedir que Elvira, agora, após tantos anos de casados e muda aceitação de sua carne maciça, comesse o que bem entendesse? Seria impossível fazê-la retornar ao antigo peso. A frágil Elvira do noivado não voltaria mais. Tomara o seu lugar uma criatura bojuda e largada, cujas entranhas trabalhavam ininterruptamente, ao longo da noite.

Amanhecia. Era um novo dia. Para o café, Elvira preparara cuscuz com leite de coco. Ele se limitava a café com pão, pretextando falta de apetite, recusava-se a seguir a mulher naquele desperdício matinal. No bonde, impacientava-se, convicto de que ali estava para matar a fome infindável de uma máquina de comer. O mesmo pensamento seguia-o de volta à casa. À meiguice da mulher respondia com um débil grunhido de cansaço. E, de soslaio, via-a cravar os dentes na fatia de mamão, enquanto os olhos já se fixavam na lata de goiabada. Deitado na cama, na hora de dormir, ouvia barulhos na cozinha: era a mulher, abrindo a geladeira para tomar um copo de leite antes de vir para o quarto.

Chegou o dia em que dormiu sozinho. A mulher estava no hospital. Amanhecera queixando-se de uma dor de lado, cada vez mais insuportável. Ele chamara uma ambulância; Elvira se fora, paciente, sem alarmar a vizinhança. Ficara em repouso, pálida, flácida. Os médicos pediam exames e as enfermeiras traziam remédios. E ela fora ficando ali. Os parentes, visitando-a, observavam: "Está mais magra". Sozinho em casa, pois Elvira terminara internada no hospital do Instituto, sem direito a acompanhante, Felisberto acordava assustado, como se ela estivesse roncando na noite seca e sem aragem. As visitas eram diárias; e todas as tardes ela lhe parecia mais magra, e se queixava de falta de apetite. E ele ia descobrindo, no rosto devastado, a antiga Elvira, da manhã em que se conheceram no Jardim Zoológico, diante das ruidosas araras, dos dias em que, juntos, trataram dos papéis do casamento. Após a operação, ela emagreceu muito mais. E foi emagrecendo, perdendo o ar sólido e dominador, tornando-se meiga e fina. E assim morreu, numa negra manhã de temporal, que mais parecia noite. Suspirou apenas, e se partiu, leve como uma nuvem ou passarinho. Depositada no ataúde, ficou magra, frágil, devolvida ao jeito débil de antigamente. E as lágrimas quentes e soltas de Felisberto nublavam também a lembrança de seus dias de namoro, já que recobrara, pela morte, a moça magra que fora perdendo através dos anos.

Nos primeiros dias de viuvez, costumava acordar, no meio da noite, como se despertado por um ronco feliz de plácida carne satisfeita. Depois, seu sono passou a ser um só, escuro e pesado.

Não voltou a casar. A mãe veio morar com ele, povoando, canhestramente, sua desapontada solidão. E Felisberto continuou na vida de sempre. Às vezes, antes de tomar o bonde, de volta para casa, ficava parado à porta das pastelarias, assistindo a mulheres gordas e pressurosas que, em pé, trincavam uma empada ou um croquete de camarão. Após contemplar, por alguns momentos, aquela anônima glutoneria crepuscular, encaminhava-se, triste e saudoso, para o ponto de bonde. Aos domingos, ia ao cemitério, com um buquê de flores. Ficava diante da sepultura de Elvira, e ora a evocava gorda e transbordante de apetite, ora magra e frágil. "Cintura de vespa!" Vinha-lhe ao pensamento a exclamação ouvida na tarde do casamento, quando ela lhe surgira esbelta e pudica. E, entre os silentes túmulos, reconhecia que toda a sua vida estava acabada. A terra, voraz e sigilosa, preferia os gordos, e sua Elvira já se despojara de todos os lipídios acumulados, mudara-se em nublada lembrança. E, em sua solidão, era a gorda que ele amava, era a gulosa que recebia, no vento, a sua afeição póstuma. Suas mãos se crispavam, impossibilitadas de tocar nas carnes macias e redondas que eram agora cinzas. Ele não soubera amar aquele corpo saudável e bojudo, ao tempo em que Elvira vivia. Fora casado com uma mulher gorda e não soubera apreciar o espaçoso tesouro ao alcance de seu desejo e afeto.

Em casa, a mãe interpelava-o, servindo-lhe o lanche, pois o domingo, ao contrário de quando Elvira vivia, era sempre ajantarado.

— Muita gente no cemitério, meu filho?

Ele rosnava:

— Muita.

Mentira. O cemitério estivera quase deserto, embora a mulher gorda que lhe habitava o pensamento tivesse bastado para encher, com a sua presença monumental, a tarde imensa e vazia.

BORBOLETA BRANCA

Numa rua perto perto de minha casa, morava aquela jovem senhora que a cidade, uníssona, acusava de adultério.

Recordo-me especialmente de seus olhos garços, que fulgiam entre esverdeados e azuis, uma cor volúvel e fronteiriça como a do mar. Toda vestida de branco (pelo menos assim ela ficou, pulcra, em minha lembrança que o tempo há de ter convertido na imaginação da realidade perdida), ela se aproximava da varanda do sobrado em que morava, e seus olhos seguiam o trajeto do amante que caminhava pela calçada fronteira, pausado, silencioso e insaciavelmente feliz.

Quando ele passava defronte ao sobrado, ela lhe␣sorria, e␣nesse sorriso, que tornava ainda mais infixa a cor de seus olhos, fremia a alegria da carne à espera de ser gratificada pelo êxtase, a antecipação do encontro vespertino, numa alcova misteriosa. (E a cama, larga, haveria de ter travesseiros altos e rendados e castos lençóis de linho cheirando a alfazema. E poderia haver mesmo um mosquiteiro, para resguardar o idílio da investida de insetos vindos dos mangues e sarjetas).

De chapéu chile, roupa de imaculado linho branco e sapatos de suas cores, o amante dobrava a esquina.

Ela se retirava da janela, ia dedicar-se aos afazeres domésticos, cuidar do almoço do marido que, usufruindo também de sua beleza deslumbrante e mormacenta e do estanejar de seus olhos garços, não ousava separar-se dela ou matá-la, apesar da tradição local que assegurava aos maridos enganados, mesmo quando cornos mansos, pronta absolvição pelo Tribunal do Júri.

Ela sumia no interior do sobrado cheio de vasos de flores e bibelôs sobre o piano. Mas, à noite, no momento vertiginoso antes␣do meu sono — e minha mão inquieta sustentava na escuridão o obelisco dos sonhos precários e desejos depressa saciados — eu ia buscá-la, onde estivesse, para que ela, como uma borboleta branca, pousasse por um momento entre os meus lençóis e depois partisse, esvoaçante, ao encontro do amante invisível nas trevas.

O VÔO DO MORCEGO

O telefone toca. É dona Evangelina. Mais uma vez a desaponto:
— Ainda não o encontramos, dona Evangelina, mas a senhora pode ficar sossegada que ele está sendo procurado. Assim que o acharmos, a senhora será informada.

O marido de dona Evangelina saiu de casa, dizendo que ia comprar um maço de cigarros, no boteco da esquina, e até agora não voltou. O detetive Clodoaldo, um catarinense atarracado e sangüíneo que tem um faro de fazer inveja a muito cão caçador, procurou-o por toda a parte: no necrotério, nos hospitais, nas delegacias, nos bancos de praça, e até hoje não conseguiu localizá-lo. Era um homem tranqüilo e morigerado, já aposentado, acrescentando a renda familiar com alguns biscates; gostava de assistir a corridas de carros pela televisão e levar os netos para ver os hipopótamos do Jardim Zoológico, e não se recusava a entregar encomendas às freguesas de dona Evangelina, que é costureira. Uma manhã, estava lendo uma velha revista que tinha, na capa, o rosto de Nelson Piquet e, de repente, levantou-se, pôs a mão no bolso do blusão, notou que a carteira de cigarros estava vazia, amassou-a e disse para dona Evangelina, que pedalava a máquina de costura: "Vou comprar cigarros". Saiu e sumiu. O detetive Clodoaldo, capaz de encontrar uma agulha perdida no Maracanã, não o acha em parte alguma. Mistério completo. Já se passaram muitos meses, e o homem continua desaparecido. A princípio, dona Evangelina vinha à delegacia, com os cabelos cor de cobre, o rosto oval e apergaminhado, com um buço forte que procura disfarçar dourando-o com água oxigenada, lábios tão finos que talvez, no início do casamento, o marido tenha enfrentado alguma dificuldade para beijá-los, um queixo duplo que lhe sonega as linhas do pescoço. Embora costureira, ostenta, no seu vestir, algo desmazelado; e, nas pernas um pouco cambaias, as varizes avultam, grossas e de um azul-arroxeado. Ao sair, sem bagagem, o marido deixara em casa tudo o que lhe pertencia, até o carnê do INPS. Os proventos de sua aposentadoria permanecem intocáveis, à sua espera — e, por motivos legais, dona Evangelina não tem o direito de reivindicá-los, talvez tenha de esperar dez anos para que se admita legalmente a morte do marido. Numa das minhas gavetas, guardo o retrato dele, que ela trouxe para mim, para que eu o grave bem na minha memória. "O senhor anda tanto, pode de repente encontrá-lo, quem sabe?" É um retrato antigo, mas dona Evangelina garante que, com o correr dos anos, ele não mudou quase nada — apenas, depois de aposentar-se (era comerciário, e só teve um único emprego em toda a sua vida, o de caixeiro numa charutaria da rua do Ouvidor), começou a engordar. E dona Evangelina continuava costurando e esperando. Quando Nelson Piquet aparecia na televisão, a saudade do marido a pungia grandemente, e a humilhava aquele sumiço sem explicação. O dono do boteco da esquina lhe garantira, e ao detetive Clodoaldo, que naquela manhã ele não se detivera no seu balcão para comprar cigarros. Perturbava-a o pressentimento de que o marido estava em algum lugar, escondido, e talvez até a seguisse, clandestinamente, quando ela saía para entregar as encomendas das freguesas. Não eram poucas as ocasiões em que dona Evangelina se virava, com a sensação de que alguém — e esse alguém era ele — lhe cravava na nuca um olhar frio e agudo. Podia até jurar que ele estava perto dela, vivo e curioso, como se quisesse saber como lhe corria a existência, agora que não estava mais ao seu lado. Se ele ainda vivia, por que não se aproximava dela e não voltava para casa? Nada significavam, então, os anos em que haviam vivido juntos, a sua fidelidade, os trabalhos como costureira que tanto tinham contribuído para a compra do apartamento de dois quartos na avenida Gomes Freire, os chás e gemadas que fazia para curar-lhe uma tosse de cachorro que o acometia de vez em quando (talvez porque fumasse demasiado), o amor transformado em entendimento e hábito? As freguesas a inquiriam, ela respondia baixando a cabeça. E, de volta para casa, sentia-se seguida por um longo e vigilante olhar invisível.

 O telefone toca de novo. É o delegado Plutarco.

 Devo agir com o maior cuidado, para não pisar em falso, no caso das imagens roubadas da igreja de Nossa Senhora Rainha dos Anjos, em Penedo. A mulher do ministro coleciona santos, e o antiquário Haddad lhe mencionou o nome entre os fregueses. É um caso muito delicado, que pede vista gorda.

O diretor do Arquivo Nacional se levanta, estende-me uma mão lívida e mole.

— Qualquer dia abandono tudo isto, peço demissão... — completa, à guisa de despedida.

Fico sozinho. Uma mosca zumbe. Ouço as batidas de uma máquina de escrever, na sala vizinha. O escrivão-chefe Laudelino está ditando alguma coisa: "Ponha ponto-e-vírgula." Sob a luz amarela escorrem mentiras e confissões. Os crimes dos homens se convertem em palavras — e poucas bastam para que o rapaz de blusão berrante conte como abriu a porta da mansão das Laranjeiras, entrou de mansinho, estrangulou a velha sentada diante de um aparelho de televisão e depois arrombou o armário e roubou os dólares e as jóias — aquelas jóias que, segundo o filho da assassinada, tinham pertencido à baronesa de Arapiraca, presumível amante de D. Pedro II.

Jóias antigas. Santos barrocos. Atas do Império. O bolor do passado paira no ar, incômodo. O olhar dos estadistas. Mas a mosca zumbe, alegre e matinal, sinal persistente do dia que avança juncado de rumores e claridades. E sobem pelo ar os gritos finos das crianças que estudam na escola municipal que, cercada de árvores sombrosas, funciona a poucos passos daqui, dentro da praça da República.

Mas é o outro lado da praça o que mais estimo, pois lá estão algumas das primeiras imagens que ficaram gravadas em mim, quando de minha chegada ao Rio: a Faculdade Nacional de Direito (onde tive a honra de estudar), com a sua fachada cor-de-rosa e o rumor estudantil no pequeno largo fronteiro; a Casa da Moeda, com as suas altivas palmeiras imperiais e a escadaria imponente, o Hospital Sousa Aguiar, o Superior Tribunal Militar, a casa assobradada de onde o meu eminente conterrâneo marechal Deodoro da Fonseca saiu para proclamar a República, um bar, uma capela funerária. Certos dias, ao anoitecer, atravesso a praça e vou sair no portão que dá para a Faculdade. Contemplo a desolação de suas janelas avariadas, e algo me punge, como se a fachada insultada pelo tempo fosse uma ofensa à minha juventude perdida, aos sonhos esvaídos, às vozes desaparecidas, aos instantes breves que a memória não aquiesceu em guardar.

Após alguns momentos diante do velho prédio despojado de todas as suas vozes, refaço o mesmo percurso, no regresso lento e desapontado. Ando por entre grandes árvores que me pacificam. Ao crepúsculo elas se tornam misteriosas, as ramarias e folhagens se enchem de sombras, as raízes avultam em contorções esculturais no chão escurecido. Carregando embrulhos e sacolas, e falando sozinhos, passantes se apressam, rumo à Central do Brasil. Mas a minha atenção se volta sempre para os que continuam sentados nos bancos ou vangueiam no meio das árvores. Estes, sim, é que haverão de atrair-me a vida inteira, por mais repelentes que sejam. Procuro as cutias, e divirto-me em localizá-las e contá-las nessa hora breve e suprema em que começam a esconder-se, ao contrário de tantas criaturas que esperam o anoitecer para sair das tocas e covis, e confiar ao sigilo ou tolerância da noite os seus desejos furtivos ou desaçaimados.

Sento-me num banco, como se não fosse um delegado de polícia, mas um dos vagabundos que deambulam pela praça, à espera do instante ingrato em que os portões começarão a fechar-se, e eles serão enxotados para outras praças e bancos. Para mim, o anoitecer é a hora mais bela, uma aurora às avessas que, não trazendo claridade, cumpre a verdadeira promessa da natureza aos homens, ocultando-os e acobertando-os. Os que se escondem de si mesmos durante o dia, e não ousam expor ao sol e aos olhares dos outros os seus desejos mais profundos e tortuosos, podem sair agora: a noite os acolherá, mãe eternamente compassiva e tolerante. Esta é a hora dos que nasceram para caminhar sozinhos por becos e vielas, dos morcegos em busca das escuridões propícias, dos monólogos intermináveis, dos segredos guardados entre paredes surdas e cegas, dos encontros inconfessáveis, das lacraias que o mormaço não mais imobiliza.

Obrigado, pela minha profissão, a evitar e reprimir as desordens do mundo e as exorbitações criminosas dos homens, tenho para eles, neste momento crepuscular, uma tolerância comparável à que me acode quando ouço as crianças gritando e saltando no jardim de infância localizado dentro desta praça. É como se eles fossem seres não amadurecidos, em perpétua formação. E como e por que punir essas criaturas incompletas, que continuam cursando uma escola — a sinistra e rumorosa escola da vida — mesmo quando as rugas lhes sulcam os rostos espantados? Sinto-me como uma professor que conhece bem os alunos, sabe quais são os aplicados e os relapsos, os inteligentes e os retardados, os recuperáveis e os casos irremediáveis.

Os dois anões que fazem ponto na calçada do Teatro Carlos Gomes passam perto de mim, e fingem não me ver. Sabem, decerto, que esta é a hora em que prefiro ficar sozinho, longe de conversas e delações.

Vejo-os sumir no crepúsculo que avança, apagando os troncos das figueiras corpulentas, extinguindo bancos, diluindo transeuntes. Salteia-me o pensamento de que as criaturas engolidas pela noite jamais serão encontradas em outro lugar. O detetive Clodoaldo as procurará em vão. Iguais ao marido de dona Evangelina, haverão de dissolver-se para sempre, e não serão localizadas nem mesmo nos cemitérios. Sumiram os pombos e pardais, as estátuas que simbolizam as estações do ano, os *flamboyants* floridos, a água das fontes, os tapetes de grama. O vôo enviesado de um morcego dilacera o ar sereno. Brasil dos desaparecidos!

O MINISTRO

Posso afirmar, sem receio de contestação, que estava dormindo quando fui nomeado ministro. Sucedeu comigo o contrário do que acontece com os ministros que, indo para o sono na plenitude de suas funções, acordam demitidos. Não adianta pôr os óculos para ler a notícia do matutino funesto: lá está a demissão em letra de fôrma, e o telefone soa, implacável, de instante a instante.

Dormi gripado, tendo até tomado um comprimido ao recolher-me, e acordei ministro de Estado. Digo assim porque me encontrava ressonante e o decreto de minha nomeação já fora assinado. Sei que há várias versões; andaram espalhando que fui acordado no meio da noite e, pondo às pressas uma roupa qualquer por cima do pijama, acorri ao Palácio, onde o presidente me esperava. Também disseram que eu estava numa boate quando fui avisado de que a posse seria às nove horas. Houve ainda quem garantisse que, ao atender o telefonema do presidente, julgara ser trote e desligara.

Nenhuma dessas versões tem cabimento. Eu estava dormindo e Jandira, minha mulher, saíra cedo para ir à feira, quando Teresa, a empregada, bateu à porta do quarto e me chamou, despertando-me sem custo, pois tenho o sono leve.

— É do Palácio, doutor Bartolomeu.

Um telefonema do Palácio é ao mesmo tempo uma coisa precisa e vaga. Pode ser um dos numerosos subchefes ou assessores da Presidência ou um contínuo pedindo um favor qualquer. Muitas vezes, o interlocutor não está absolutamente no Palácio, mas em casa, de pijama, e cita o local de seu ganha-pão para ser atendido mais depressa.

Meus pés procuraram cegamente os chinelos.

— Disseram que é o presidente que quer falar com o senhor.

Desapareceu de mim qualquer sobra de sono mais ousada, e havia razões para isso. Desde o dia da posse que o presidente não falava comigo. É verdade que eu fora ao Palácio várias vezes, mas não conseguira abordá-lo. Dir-se-ia que todos, ali, se tinham unido, num pacto, para barrar-me os passos. Até o Rangel, que antes me pedia dinheiro emprestado, asseverava, com um ar compungido, ser de todo impossível conseguir um encontro para mim. Mas eu estivesse certo de que o presidente não me esquecera e me chamaria. E verberava a conduta dos partidos que não queriam libertar o homem, e pareciam cães disputando um osso. "Cada um quer uma fatia do bolo", acrescentava Rangel, as pálpebras caídas, olhando penalizado um grande mapa do Brasil pendurado na parede de sua sala de vago assessor presidencial.

Um dia, queixei-me a Renato, antigo companheiro da Constituinte, e ele me explicou como conseguira falar ao presidente. Sabendo que este ia inaugurar uma fábrica de vidros, em São Paulo, tomara um avião e comparecera à solenidade. Só assim conseguira conversar com ele alguns minutos, o suficiente para arrancar a nomeação prometida. E adiantou que esse expediente estava sendo adotado por vários dos nossos correligionários que, tendo gasto até dinheiro do próprio bolso durante a campanha, se viram postos de quarentena pelos espertos que cercaram o presidente após a posse. A verdade é que ele ignora a conspiração instalada no Palácio e que tem como objetivo afastá-lo de seus verdadeiros e fiéis amigos. É um santo homem.

Ao pôr o telefone ao ouvido, notei que minha gripe fora embora. E para sempre ignorei se já amanhecera curado, ou se o telefonema presidencial era, no caso, medicina mais enérgica do que cálcio na veia.

Escutei a voz frágil, quase feminina, do Nicanor. Só depois veio o presidente.

Não sei se algum dos leitores já foi nomeado ministro de Estado. Se o foi, para qualquer pasta, deve ter experimentado a sensação que me cumulou. Se não o foi, mal que não desejo a ninguém, será difícil narrar-lhe o que sucede. As têmporas latejam, temos a impressão de que vamos ter um enfarte do miocárdio, mas a opressão desaparece, de súbito; sentimo-nos como se acabássemos de fazer os pés, e o calista estivesse passando certa pomada em nossa pele e ativando o sangue dos artelhos por meio de massagens ao mesmo tempo doces e vigorosas. Parece que, de repente, a vida se amplia como a tela de um cinema onde vai ser projetado um filme em cinemascópio.

Estava nomeado ministro. De tudo quanto o presidente me dizia, só isto possuía, para mim, significação real. Dir-se-ia que eu, presa de vertigem, me agarrava a um corrimão para não cair de uma alta escada. Esse corrimão era o Ministério.

— O ato já está lavrado.

Apreciei a presteza do presidente.

— Meu caro ministro, estou à sua espera — completou, com um tom brincalhão e afetuoso na voz.

— Irei imediatamente, presidente — retorqui, resoluto e transbordante de felicidade.

Mal desligara, e o telefone soou novamente. Era o Arquimedes, que dias atrás fingira não me ver à porta do Jóquei, que se apressava a felicitar-me. Vinguei-me: disse que, a rigor, não poderia aceitar-lhe o abraço. O presidente me convidara (exato), mas ainda não dera a resposta. Teria antes uma entrevista no Palácio.

Deixei o telefone fora do gancho. No banheiro, enquanto fazia a barba — a minha mão tremia um pouco! — avaliei que, por maior que tivesse sido o sigilo que precedera a escolha e nomeação, o certo é que a notícia já estava em toda parte. E observei que Jandira não estava ali para compartilhar de minha alegria. Discutindo o preço de uma cenoura, ou segurando um pé de alface, ela ignorava ainda seus privilégios: o carro oficial, os chás, o patrocínio das festas de caridade, as recepções nas embaixadas. Com algum frêmito de temor, logo contido, pensei nos vestidos novos que teria de comprar-lhe.

Debaixo do chuveiro, pus em ordem o espírito e encontrei certa lógica para minha nomeação. Enquanto me enxugava, percebi que fora uma fatalidade. Para solucionar a crise política, o presidente só dispunha, efetivamente, de uma saída — nomear-me. Atendera à reivindicação das bancadas do Nordeste, que reclamavam um ministro nascido no Polígono das Secas; assegurara o apoio do meu partido, que ameaçava desligar-se da maioria e ter uma ação parlamentar independente; e apaziguara o impaciente Moreira Lemos, governador do meu Estado.

Senti-me providencial. Se eu não existisse, a crise política teria continuado. Sem falsa modéstia, eu era uma "reserva moral" do governo.

Recordo-me confusamente de que tomei café às pressas — em verdade não sentia a menor fome — e deixei um bilhete para Jandira. Ao sair do elevador, iam entrando um fotógrafo e um rapazinho, decerto repórter. Era para mim, sabia, mas me mantive quieto, não desejando ser reconhecido. Nada aconteceu e suspirei aliviado. Não deveria manifestar-me antes do encontro com o presidente.

Ministro! E não dera um passo. Dormia, talvez roncasse, no momento em que o presidente, de eliminação em eliminação, chegara ao meu nome e nele se fixara, feliz e aliviado.

Ao dobrar a esquina, vi, no fundo de um carro, o gordo Teixeira. Acompanhei o veículo, que parou no meio-fio do meu edifício. Não, ele estava muito enganado! Meus planos já estavam formados. Dinamizaria o Ministério, adotaria métodos racionais, cercar-me-ia de técnicos, extinguiria a burocracia emperrada.

Fiz sinal para um táxi. Estirando o braço para trás, o motorista abriu a porta. Nesse momento, senti um lampejo de alucinação — era como se o ministro que sempre se aninhara dentro de mim estivesse entrando, firme, no carro, e eu me limitasse a segui-lo. Imaginei-me dividido.

Nas calçadas, pessoas liam jornais. Pensei em mandar parar o carro e comprar um matutino. Mas para quê? Estava indo para o Palácio, ninho e fonte de todas as notícias.

A enunciação do meu destino não causara o menor efeito no motorista. Ele acelerara o veículo com um ar enfastiado e rotineiro, como se eu lhe tivesse dito: "Vamos para Madureira." Ou então: "Me deixe na estação da Leopoldina."

O ministro olhou o mar. Um esquiador aquático abria nele um sulco de espuma. Lembrei-me de que, quando simples inspetor de ensino, lera uma composição bastante estranha. "Entre Rio e Niterói, ergue-se a frondosa Baía de Guanabara." Aumentara a nota, chocado e deliciado. Havia alguma verdade naquela sentença — a vida era uma coisa estranha e bela. E frondosa.

Antes de ir para o Ministério, uma semana após a nomeação, passei por uma chapelaria. Pela minha cabeça, começaram a desfilar inúmeros chapéus, mas todos me desagradavam. Além do mais, o caixeiro que me atendera me desconhecia, ou fingia desconhecer-me. Meu coração pedia um chapéu que casasse a imponência com a elegância, a graça com a austeridade. Não me decidia, contudo, a citar o modelo, que era o *gelot* do prefeito.

Finalmente, surgiu numa caixa amarela o tipo desejado. Antes de sair e entrar no carro parado ostensivamente no meio-fio, vi-me ao espelho. Estava soberbo.

Os altos círculos não notaram a transformação. O líder da maioria, que me esperava no gabinete, foi logo ao caso das nomeações prometidas e não cumpridas pelo meu desatinado antecessor. Todavia, no olhar da competente datilógrafa, do porteiro indolente, daquele oficial de gabinete que servia sem remorsos a todos os ocupantes da pasta, julguei ver um lampejo de malícia. Seria que eles me achavam desajeitado?

Nos raros instantes em que me acontecia ficar sozinho no gabinete, eu examinava o chapéu, admirava-lhe o feltro cinzento, macio como o braço de certas moças pestanudas, as abas viradas, o acabamento onde havia brilhos fugazes de seda.

Numa daquelas tardes, saindo para o despacho, tive meu rosto iluminado pelo clarão de magnésio de uma máquina fotográfica. Ergui a mão até o chapéu, meus dedos tocaram na aba inglesa, sentiram a penugem acariciante do feltro. Estava agradecendo a cortesia.

No dia seguinte, lá estava a reportagem maldosa, cheia de perfídias, na primeira página do vespertino. E o repórter, após contar algumas anedotas e atribuir-me gafes imaginárias, se perguntava se, após a demissão, eu continuaria a usar aquele chapéu.

Em breve, o *gelot* foi-se tornando assunto obrigatório de certos jornalistas desocupados. Meus desafetos, por sua vez, inventavam anedotas.

Uma noite, sonhei que estava dentro de um chapéu enorme, de copa virada para baixo. Minhas mãos agarravam-se às paredes daquela prisão circular, mas escorregavam num feltro pegajoso com limo. Estava enjaulado como sempre. Chamava Jandira — ela estava patrocinando um chá em benefício das crianças órfãs de Jacarta e fingia não me ouvir. Teixeira, monstruosamente gordo, circulava, num automóvel, em torno do chapéu. E o presidente olhava-me, de vez em quando, como quem se debruça furtivamente sobre um muro.

Acordei alagado em suor, meio sentado sobre a cama. Jandira, que despertara assustada com os meus gritos, deu-me a explicação para o pesadelo: eu me excedera, no jantar ao embaixador da Turquia.

A possibilidade de vir a ser candidato a governador, as nomeações e remoções que me davam a impressão de acionar um teatro de títeres, os planejamentos, as festas, as adulações, tudo isto se esvaía, mudava-se em pasmo e suor.

Tornei a dormir. Sonhei que, de novo criança, armara minha gaiola num galho da goiabeira do sítio e esperava que nela caíssem os cantantes sanhaços. Era meio-dia e o sol cegava-me.

Foi Teresa quem me acordou. Eu estava sozinho no quarto, pois minha mulher se levantara cedo para ir à feira.

— É do Palácio, doutor Bartolomeu.

Fui atender. Era o presidente, convidando-me para ser ministro. Em verdade, só agora é que eu estava recebendo aquele surpreendente convite, que me vinha compensar da desoladora espera que me afligia desde a campanha eleitoral. Antes, tudo fora sonho e eu jamais pusera na cabeça um chapéu de aba virada.

A RESPOSTA

Seu nome era Serafim Costa.
    Mas nome de quem, ou de quê? Na cidade pequena, decerto a sua figura deveria ter-se cruzado, muitas vezes, com a do menino fardado de camisa branca e curtas calças azuis extraídas das velhas casimiras paternas. Ele, o comerciante abastado, talvez comendador, não conhecia o garoto. E este jamais poderia ligar o nome à pessoa. E assim, Serafim Costa era apenas um nome — a belíssima sonoridade de um estilhaço de mitologia, uma flor aérea que, em vez de pétalas, possuía sílabas.
    Ele morava no Farol, exatamente onde o bonde fazia a última curva. Os muros brancos, que cercavam o quarteirão, semi-escondiam a casa, também branca, além do jardim que aparecia entre as grades, e em cujos canteiros florejavam espessuras e certas musguentas flores amarelas, e um imenso besouro zoava. A casa era um palacete de dois andares, crivado de sacadas e cegas janelas, e que parecia desabitada. Possivelmente essa incorrigível falsária, a Memória, a pintou, sem tirte nem garte, com a sua branca tinta adúltera, substituindo a verdadeira nativa, feita de alvorentes azulejos pintalgados de azul, por alguma caprichosa arquitetura rococó. De qualquer modo, do outro lado do muro reto, sem dúvida encimado por afiados cacos de garrafas para impedir o salto dos ladrões, a gente via as copas das mangueiras, cajueiros, palmeiras e outras árvores sob as quais alguns cães esperavam, impacientes, que a rotina bocejante do dia se esfarelasse para que eles pudessem latir, na noite raiada de estrelas, como que lembrando a Serafim Costa — que interromperia por meio minuto o seu sono tranqüilo e patriarcal — as suas presenças vigilantes.

Aqui mora Serafim Costa — devia ter-me dito meu pai, num daqueles crepúsculos em que, de bonde, voltávamos para casa, ele com a sua velha pasta que, inexplicavelmente, não o acompanhou ao túmulo (o que talvez não o fizesse ser de pronto reconhecido no Paraíso), e nós ainda guardando nos ouvidos o bulício vesperal do instante em que, aberta a porta do grupo escolar, as crianças escoavam para a praça e se perdiam nas escurentas ruas tortuosas.

O palacete branco vulgava riqueza, luxo, secreto esplendor. Além das portas fechadas, das presumíveis estatuetas de mármore, do aroma das dálias, do fino palor dos azulejos, das mudas venezianas, havia decerto um universo de opulência, que a nossa fantasia de meninos pobres mal podia imaginar. A tarde transcurecia; o portão fechado validava-se como o brasão de uma existência que, terminados os diálogos inevitáveis de seu ofício de grande comerciante sempre atarefado e vigilante, suspendia qualquer tráfico com as mesquinharias diurnas, igual a um navio que, após todo o baixo ritual da estiva, readquire a sua dignidade perdida sulcando o mar sem amarras.

Era o palácio de Serafim Costa. E o nome, a magia desse nome que ocupou toda a minha infância, e era o preâmbulo mágico das encantações, demorava-se em mim, solfejando-se no ar eternamente perfumado pelo Oceano. Meu pai, então guarda-livros de um armazém de tecidos, conhecia Serafim Costa, e nos mostrava a sua residência. "Aqui mora Serafim Costa." Não nos nomeava uma forma definida de casa (sobrado, bangalô, palacete); e de certo aquela moradia, uma das mais luxuosas da pequena cidade, refugia às denominações irreversíveis.

Ignoro se Serafim Costa era alagoano ou um dos muitos imigrantes portugueses que, estabelecidos em Maceió, enriqueceram em tecidos ou em secos e molhados e terminaram comendadores — mas em seu palacete, na exuberância do jardim equatorial, no chão assombrado de árvores enlanguecidas pelo mormaço, havia algo que era a fusão improfundável dos mais faustosos elementos nativos com uma substância remota e avoengueira, como que a reprodução de antiga planta deixada do outro lado do mar e tacitamente reconstruída pela poupança e ambição do imigrante afortunado. Por isso, meu pai dizia "aqui", querendo assim significar tudo o que era o império de Serafim Costa: as grades do jardim, os sinuosos canteiros colmeados de folhas e flores, os calangros e insetos, a água espatifada de uma fonte, os familiares que não apareciam nas janelas, talvez para não confundir a visão de todos os que, como eu, o imaginavam reinando solitário em sua mansão, sem quinhoar ostensivamente com ninguém o resultado de sua vida vitoriosa, feita de zelo e siso.

Embora eu não tivesse conhecido Serafim Costa, tornou-se-me familiar aos olhos um dos empregados do seu armazém. Era um velho corcunda, de fiapos brancos na cabeça calva, e devoto. Alguns anos depois, quando já tínhamos deixado de morar no sítio e passáramos a habitar numa rua do centro da cidade, estávamos todos, no sótão, assistindo à passagem de uma procissão que enchia a monotonia da tarde de domingo. Súbito, identifiquei na multidão o corcunda velho e devoto, e exclamei:

— Olhe o Serafim Costa!

A exclamação fez espécie a meu pai, que se virou para mim, surpreendido com a notícia. Seu ar era mais do que de dúvida — decerto eu dissera uma heresia, que reclamava pronta corrigenda ou a aura de uma prova irretocável. Com o dedo, apontei o velho corcunda que, de casimira preta na tarde de sol fugidiço, vencia, na aglomeração, os paralelepípedos da rua. Meu pai reconheceu o empregado de Serafim Costa e exclamou, de bom rosto:

— Não é o Serafim Costa — e achou engraçado que eu confundisse o empregado humilde e devoto com o poderoso e mitológico patrão.

E assim ele ficou sendo, para mim, sempre e eternamente, um nome, inatingível figura do ar. Muitas vezes, passeando sozinho pelo sítio ou junto ao mar lampejante, eu repetia esse nome, despetalava-o na brisa como se ele fosse um malmequer, juntava de novo as pétalas das sílabas que cantavam mesmo momentaneamente esquartejadas. Serafim Costa! dizia eu alto, para que os costados dos navios pudessem devolver-me, em forma de eco, essa primeira lição de poesia, essa infindável soletração do absoluto.

Muitos anos depois, desintegrada a infância, e já envolto numa névoa de estrangeiro, voltei à curva do bonde. Era ali que morava Serafim Costa — o portão fechado era sinal de que ele estava lá dentro, movendo-se possivelmente entre frutas maduras, gatos sonolentos e bojudas porcelanas azuis. Trinta anos se tinham passado desde os dias em que o bonde, na volta da escola, nos fazia ver a misteriosa morada, o universo branco e verde estriado de agudas grades negras e manchas róseas. O invisível Serafim Costa já deveria estar morando, e de há muito, em outra alvacenta morada... Mas parei diante do portão cerrado, espiei o jardim silencioso, os vasos de azulejos, as escadarias de mármore, as altas janelas que pareciam sotéias. E chamei: Serafim Costa!

Chamei a quem, a quê? E ocorreu o milagre. O nome ficou suspenso no jardim onde se ocultava uma cobra papa-ovo, depois voou pelos ares, como um pássaro; chocou-se contra os costados dos cargueiros que, no destempo hirto, desembarcavam em Maceió os caixotes das mercadorias encomendadas, do outro lado do oceano, pelo valimento comercial de Serafim Costa; e, metamorfoseado em eco, voltou de novo aos meus ouvidos, já agora na soberba hierarquia de um nome que não precisa mais de figura ou de anedota, e se tornou para sempre algo sonoro e puro, deslumbrante e enxuto.

E, assim, obtive a resposta.

APARTAMENTO TÉRREO

Era um edifício de dezoito andares, e em cada andar havia oito apartamentos, quatro de frente e quatro atrás. Destes últimos, interessam à história apenas aqueles que, sendo de fundos, estavam situados na ala esquerda.

O térreo não contava, a não ser como vítima. Eram, pois, trinta e quatro apartamentos sem a área que coubera ao proprietário de uma das moradias de baixo, assentada no chão como se fosse casa mesmo, porém diferente, pois que seu telhado era a garupa de dezessete residências colocadas umas em cima das outras. E por serem tantas, o dono do apartamento térreo a todas culpava, ao ver que o sonho de sua vida se convertera num pesadelo.

Acontecia apenas que ele passara anos e anos juntando dinheiro na Caixa Econômica para comprar uma casa. E casa, na cidade de mais de dois milhões e quinhentos mil habitantes, era mais um eufemismo para designar apartamento. A fim de não comprometer de todo a estrutura de seu sonho de olhos abertos, ele preferiu um apartamento térreo, para ter direito à área dos fundos, que lhe desse a sensação de terra firme. E mesmo a observação alheia de que andar térreo é mais barato não o magoava; pouco lhe importava que seus olhos estacassem, carentes de horizonte, num muro que as chuvas iam amarelando. Se não havia as paisagens que acalmam os olhos, pelo menos existia a terra que estimula os pés. E isso era tudo para quem, sendo pobre, andara de bonde anos seguidos para ter onde cair morto, e ainda por cima comprara apartamento de planta, tudo no papel e pequenas entradas durante a construção, arriscando-se às concretizações do imaginário apenas porque, nele, a força de vontade possuía a resistência dos grandes metais.

Ora, com dois meses de vida nova ele chegou à conclusão de que a citada área não era uma fonte de delícias domésticas, onde reunisse mulher e filha, mas um motivo incessante de tormentos. Havia trinta e quatro apartamentos em sua ala esquerda e todos eles desrespeitavam o chão.

Nossa amizade passou a tomar conhecimento do tempo e da vida através dos despojos que rolavam em seu quintal, e que nem sempre vinham intactos, muitos se espatifando numa nesga de cimento existente perto do tanque, que ele combinara bem amplo, para evitar a investida das lavadeiras, que cobram pelo branco das toalhas preços mais altos que o demônio pelas mortalhas dos grandes pecadores.

De manhã, cascas de banana caíam no quintal. Era a criançada de cima que estava comendo mingau. Meia hora depois, alguns jornais eram arremessados na área, e nem ao menos ele podia aproveitá-los, pois os matutinos vinham completamente amassados, prova de que o problema sucessório não fora ainda resolvido, e no papel linha-d'água se refletiam as inquietações dos eleitores. Quinze minutos depois, um vasinho de planta (essa ilusão de floresta que quase todos nós adotamos em nossas varandas) vinha espatifar-se perto do muro, suicidado pelo vento embravecido. Após o meio-dia, garrafas de refrigerantes eram jogadas, num já escandaloso desrespeito pela vizinhança terráquea. De tardinha, a área era um espetáculo de convulsões. Basta dizer que no penúltimo andar morava um crítico literário muito exigente, desses que só concebem estreantes que sejam comparáveis a Shakespeare e que, quando um editor lhe falava no lançamento de um novo romancista nacional, perguntava logo: "É melhor do que Dostoievski?". Pois bem, esse homem jogava pela janela de seu apartamento quase todos os livros que recebia e farejava. Além de ser depósito de lixo, a área do nosso amigo estava arriscada a transformar-se ainda num simulacro de biblioteca.

A princípio, ele pediu ao porteiro o favor de solicitar dos demais condôminos que suspendessem a cotidiana remessa de despojos. O apelo não adiantou. Após o Natal, doze pinheirinhos ressequidos foram lançados na área, sem falar em lantejoulas, caixas de bombons estragados e brinquedos avariados. No carnaval, surgiram lança-perfumes vazios. E assim por diante.

Então ele teve o gesto que tocou tantos corações. Escreveu uma carta-circular, mandou-a mimeografar na cidade e, subindo pela escada a fortaleza de seus trinta e quatro inimigos, foi entregando sua mensagem de apartamento em apartamento. Na circular, ele contava sua vida existida, a luta por um apartamento térreo, e explicava principalmente que morava embaixo porque sua filha de nove anos precisava brincar em terra firme. Por que então havia tanta gente conjurada em evitar que a menina brincasse? Até uma sugestão ele fazia: o pessoal de cima poderia ver sua filha brincando, caso houvesse garantia de a pequena não ser atingida por um livro repelido pelo crítico impiedoso ou pela garrafa de um condômino acuado pela canícula.

Hoje, em todo o edifício, principalmente na ala esquerda dos fundos, só se fala na carta do homem, que alguns perderam de tanto emprestar, e outros não só guardaram mas até mandaram dela tirar cópias. E parece que os corações indiferentes ou empedernidos se comoveram, pois em todas as janelas há bustos inclinados e olhos ávidos à espera de que lá embaixo apareça, toda de branco vestida, a menina que finalmente vai reconquistar a sua área.

A CHAVE NO MORMAÇO

Certo dia, começou a circular em Maceió o rumor de que o tabelião Wanderley dormia com a sua própria filha. Ingnorava-se qual fora a primeira boca a propalar a notícia, se ela correspondia à realidade, e se havia mesmo essa primeira boca, providencial e anterior a todas, e dotada da missão peregrina de vomitar verdades ou calúnias. Talvez numerosas vozes tivessem surgido ao mesmo tempo, como no coro de uma tragédia grega, para anunciar à comunidade fatigada de antigas e já peremptas abjeções um fato novo capaz de despertá-la de sua prolongada letargia de lagarto que dorme ao sol, aquecido pelo calor imemorial da paisagem.

A notícia espalhou-se pela cidade inteira, atingindo o Palácio do Governo, o Tribunal de Apelação, a Academia Alagoana de Letras, a Sociedade Alagoana de Medicina, a Ordem dos Advogados, a Associação Comercial, o palácio do Bispo. Linguareiros a confiavam a ouvidos atentos, que a recolhiam com o fervor religioso com que um avarento guarda uma moeda ou uma beata se ajoelha no altar de uma igreja. Olhos luziam, nas portas do Bar Colombo e do Bar Elegante; línguas ruins se destravavam, no balcão da Drogaria Globo e nas mesas do Ponto Certo. Fazendeiros, de passagem pela Helvética, sorviam a novidade pasmosa juntamente com os refrescos de caju, e, como estavam na capital, seguravam os canudos com a tosca elegância de um rastaquera em Londres ou Paris.

O boato quebrava a monotonia da cidade condenada ao vento e ao mormaço, resgatava o dia-a-dia dos homens vestidos de branco do tédio que escorria das calçadas e das persianas que defendiam as casas baixas e de biqueira do calor do meio-dia. Quem tivera o invejável privilégio de atestar aquele incesto? O tabelião Wanderley era viúvo, e tinha uma filha única. Era uma moça morena e esguia, recentemente formada pelo Colégio Imaculada Conceição. Tinha pestanas longas, cabelos negros, e passava as tardes no cartório e, com a sua caligrafia airosa, de letras redondas e altas como rodas de bicicleta, que as freiras lhe haviam ensinado, auxiliava o pai na redação e cópia das escrituras que continuavam prolongando o passado feudal das Alagoas, apesar dos hidroaviões da Panair que desciam na lagoa Mundaú e dos Fords e Buicks que faiscavam ao sol.

Aos bacharéis e oficiais de justiça que se aproximavam dela, a moça mal dizia duas palavras. Era fechada, silenciosa, cheia de reserva e langor. Quanto ao tabelião, era um homem seco e baixo, a que o hábito de fumar recompensara com uma tosse também seca; sua meia corcunda talvez devesse ser atribuída à circunstância de passar os dias inteiros curvado sobre os grandes livros negros daquele cartório ganho na mocidade, por ser amigo de infância de um governador e ainda por tê-lo auxiliado a acumular as atas falsas que haviam forjado a verdade inconfessável de sua vitória eleitoral.

Aos meus ouvidos de estudante do Colégio Diocesano chegou o falatório que, embora espantoso, já tinha sido assimilado pelos maceioenses, como se nada o impedisse de engastar-se na rotina humana. Ao entardecer, terminadas as aulas, eu ia rondar o cartório, e meu olhar se detinha na moça de longas pestanas. Era verdade que ela dormia com o próprio pai? Pela primeira vez na minha vida eu enfrentava a fronteira, juncada de rumores, em que a verdade não se diferenciava da mentira e compunham ambas uma unidade inarredável. Era a fronteira do talvez, da suspeita e da suposição. Como saber o que é verdadeiro e o que é mentiroso? Inclinada sobre um grande livro negro, preenchendo lentamente a página vazia com a sua caligrafia belíssima aprendida com as freiras do Colégio Imaculada Conceição (aquele piedoso estabelecimento de escola que não admitia alunas pretas ou considerada mulatas), ela não entregava o seu segredo impenetrável à minha muda inquirição. E eu queria saber a verdade.

Esta era a minha ambição, o majestoso segredo de minha vida, a justificação de minha presença no mundo — queria saber a verdade e a mentira, separá-las e distingui-las. É possível que, nesse instante de desafio e interrogação, tenha nascido a minha vocação policial. Diante do emaranhado de um mundo que somava mentira e verdade, imaginação e realidade, sussurro e evidência, eu era o figurante incômodo que quer separar fios enovelados, desatar nós, diferençar o sim e o não.

Ela dormia ou não dormia com o próprio pai? Em Maceió, ninguém jamais conseguiu apurar a verdade ou a mentira da versão espantosa. Seria preciso que um olhar clandestino atravessasse portas e paredes e, na escuridão de um quarto, se ungisse da onisciência invejável de Deus, o único que tudo vê e escuta. Mas esse olhar era apenas uma imaginação exorbitante. A verdade haveria de ser, portanto, uma ficção, a delirante imaginação de seres orientados por um ouvir dizer que se diluía e se esgotava como os refrescos de caju sorvidos pelos senhores de engenho e fazendeiros aboletados no Bar Elegante e na Helvética.

Em busca da verdade, decidido a desemaranhar o emaranhado, a iluminar a treva, a extrair a palavra escondida como uma lacraia no silêncio culpado das criaturas humanas, eu seria um policial. Uma vez, consultando um dicionário, verificara que polícia significa limpeza, asseio (ou foi o delegado Plutarco quem me disse isso pela primeira vez?). Eu haveria de dedicar a minha vida e o meu destino a essa limpeza, à ampliação do território branco capaz de esclarecer as mentiras humanas. Os incestos, adultérios, crimes de morte, roubos envolviam a minha cidade, iguais ao mormaço e ao vento do mar. Eu haveria de pertencer à linhagem daqueles que foram chamados para limpar a sujeira do mundo. Curvada sobre o grande livro negro, a moça de longas pestanas a ninguém confiava o seu segredo. Eu seria aquele que, através dos anos e da vida, haveria de extrair dos seres silenciosos ou dissimulados o segredo da abjeção sonegada.

Ali estava a chave de minha vida: eu queria saber o que as pessoas escondem, desejava ter a explicação para o mistério que leva ao crime e à morte. Adolescente, andando pelas ruas tortas de Maceió, eu antecipava, no meu silêncio, a pergunta que um dia haveria de fazer a tantas criaturas aturdidas diante de mim, sob a luz amarela de minha sala. Como alguém que arranca uma planta e vê finalmente as raízes escondidas, assim eu queria ser, extraindo a verdade provisória ou definitiva das coisas e dos seres humanos.

Eu costumava seguir o tabelião Wanderley, no trajeto entre o cartório e a casa na Cambona. Ele ia sozinho, não cumprimentava ninguém, os olhos baixos. Era uma verdade? Era uma calúnia nefanda, na cidade que não se contentava com os filmes de Clark Gable e Merle Oberon e os romances de Ponson du Terrail lidos pelas notabilidades nativas? Aturdia-me o mistério daquele homem marcado por um estigma assombroso. Saberia ele o que se dizia a seu respeito? E sua filha também estava ciente do rumor formidável?

— Como você faz perguntas! — queixava-se o meu irmão Juvêncio, cujo sonho era ser dentista.

Eu não conseguia guardar comigo tantas interrogações — era um peso enorme na vibração fina do mormaço, quando as palmas dos coqueiros tremulavam docemente junto ao mar e as pedras das ladeiras se cobriam de uma iridescência que só o avanço pertinaz da tarde haveria de apagar. E, por mais que me estendesse em perguntas, só encontrava confusão e perplexidade, a reprodução imemorial de um erro, a evidência de um gesto desastrado na vastidão planetária.

NATAL CARIOCA

O homem zarolho, postado atrás do balcão da portaria do hotel, olhou para o ventre de Maria e disse, peremptório:

— Não há vagas. Os quartos estão todos tomados.

Ela e José desceram, em silêncio, a sua escada que rangia. Logo os envolveu, na noite nova, o rumor da cidade. O povo corria para os ônibus e trens, jornaleiros anunciavam o lançamento de uma bomba atômica no Pacífico — e tudo aquilo desnorteava ainda mais o casal que passara o dia procurando um quarto na grande cidade indiferente. Como dispunham de pouco dinheiro, subiam apenas as escadas das hospedarias que lhes pareciam acessíveis, mas em nenhuma delas haviam encontrado acolhida.

José e Maria continuaram perambulando, ora através de grandes avenidas, ora por estreitas ruas transversais. Estavam cansados, tinham vindo de longe, perseguidos por uma calamidade, e a ninguém conheciam. De vez em quando, Maria parava, queixando-se de seu doce fardo e das veias de suas pernas inchadas. E José erguia os olhos para os arranha-céus iluminados, via os aviões a jato que rumorejavam nas alturas, e esperava que sua mulher sorrisse — era o sinal para continuarem a caminhada.

Tanto andaram que se detiveram diante dos tapumes semiderruídos de um terreno baldio. José espiou, e viu ao longe, entre touças de capim, montes de tijolos e detritos, a sombra de um galpão. Entraram furtivamente, embora ninguém os estivesse observando. Tinham encontrado, afinal, um lugar para aquela noite. José acendeu um fogo de gravetos.

E foi ali que Maria deu à luz seu filho. Perto, um jumento se agitava, incomodado pelos ratos e moscas que lhe importunavam o sono.

À luz vacilante do fogo de gravetos, José contemplou o recém-nascido: menino. E Maria, pálida, parecia sorrir.

De repente, ouviram rumores e se assustaram. Eram três pessoas que se aproximavam do galpão, atraídas decerto pela luz do pequeno fogo.

Os três visitantes se acercaram e, olhando para dentro do galpão, compreenderam que um menino havia nascido.

O primeiro deles, que carregava um saco, era lixeiro; o segundo, camelô; e o terceiro, um negro tocador de violão, trazia o seu instrumento.

O lixeiro abriu o saco e, escolhendo o trapo menos sujo que ali havia, deu-o a Maria, para que com ele envolvesse santamente o corpo do menino. O camelô depositou aos pés da criança um brinquedo de matéria plástica, coisa de contrabando. E, como o recém-nascido começasse a chorar, o terceiro visitante fez vibrarem as cordas do seu violão. E logo a criança se aquietou.

Então, o ar da noite estrelada encheu-se de sereias, toques de sinos, apitos de navios e de carros. E Maria perguntou:

— Que barulho é este?

Um dos visitantes respondeu:

— É noite de Natal. O povo está comemorando o nascimento de Jesus Cristo.

Maria olhou para o seu filho que, envolto em trapos, dormia inocente no improvisado berço de palha. E duas lágrimas, grossas e cristalinas, desceram lentamente pelo seu rosto.

O VENTO

Não foi precoce a glória de Ataliba Tavares. Não veio a galope sobre suas verduras de rapaz. Muitos anos insípidos teve ele de percorrer, como que à espera de si mesmo, até sentir de repente que atravessara, para sempre, a desejada fronteira, e havia sol em seu caminho. E o triunfo encontrou um abdome pronunciado, uma dentadura postiça, uma calva entrante.

Ataliba Tavares era celibatário. Não se culpava por isso; desde os vinte anos admitira o casamento, preparara-se, reflexivamente, para aceitar uma companheira. Nas festas, nos intervalos das sessões de cinema, nas praias, nas despedidas à beira do cais, nos domingos hípicos, em nenhuma oportunidade encontrara aquela que esperava com a plácida fatalidade com que se é levado a uma mesa de operação para arrancar o apêndice. Havia muitas moças, em todas as festas, em todos os lugares. Umas eram tímidas, cheias de pudor, ruborizavam-se facilmente; outras eram ruidosas, desembaraçadas, vivazes, chegavam por vezes a intimidar. Havia-as louras, morenas, altas, miúdas. Mas nenhuma o esperava, em nenhum dos rostos oferecidos à sua curiosidade ou ao seu convívio sentira a luz macia de uma aliança. A felicidade não habitava o roçagar de saias tão diversas. Chegara aos trinta anos sem um compromisso sério, apenas alguns namoros inconseqüentes, que logo o convenciam de não estar diante da criatura desejada, mas de seres frívolos e caprichosos. Aos trinta e cinco anos, desinteressara-se do casamento. Os amores furtivos, os endereços confidenciados por amigos severos e discretos lhe bastavam. E assim foi vivendo uma existência que obedecia a pequenos ritos sábios. Todas as manhãs, lia na seção social do jornal a relação dos aniversariantes. Telegrafava. Ia aos enterros e missas, almoçava no Jóquei, desempenhava sem entusiasmo seus afazeres na Procuradoria-Geral da República. Ao crepúsculo, voltava à calçada e aos salões do Jóquei, a mesma roda de sempre, entre industriais e parlamentares, diplomatas aposentados à cata de um companheiro para jantar e alguns desses homens, de profissão vária, que freqüentam todos os lugares. À noite, era uma recepção, um jantar, um teatro. Chegava em casa cansado. Tirava os sapatos, suspirava, dormia. E dormia a sono alto, pois o cargo que lhe coubera num testamento ministerial, uns imóveis de herança e uns bons papéis em custódia num banco, enxotavam qualquer insônia.

Ao chegar aos quarenta anos, Ataliba Tavares viu-se, de súbito, corroído por um desapontamento íntimo. Estava piedosamente ajoelhado na Candelária, na missa de sétimo dia do embaixador Pedroso, quando viu entrar o Vilela. E algo o entristeceu, inquietou-o, espinhou-o dentro do espírito. Conhecera o Vilela no terceiro ano da Faculdade. Era um pé-rapado, que viera do Norte e vestia umas roupas mal-amanhadas. Formado, sumira; reaparecera deputado, perorante. E agora, vinte anos depois, fora eleito senador da República por um desses equívocos eleitorais tão comuns ou talvez tão necessários, mas que duram oito anos. E ele, que nascera aqui no Rio, tinha casa em Botafogo, relações antigas, tradição? Ser Procurador da República era pouco. Faltavam à sua posição o sal que tempera as ascensões e o favor do destino.

Ataliba Tavares, ao apresentar pêsames à embaixatriz, mostrava um semblante compungido. Isto comoveu a viúva, naquele momento; mas não era o embaixador defunto quem ele chorava. O seu ar a caminho do pranto aludia a si mesmo; era a um defunto refugiado em suas entranhas que ele dedicava um ameaço de lágrimas. A presença do Vilela que, naquela solenidade, partilhava com o defunto do apreço e reverência dos presentes, viera mostrar que ele, Ataliba, não era o vitorioso que se considerava em certos momentos de entusiasmo fácil. A vida não lhe fora madrasta, mas pior do que isso — desinteressara-se do seu destino, os deuses fingiam não reconhecê-lo no cortejo do mundo. Passou em revista a galeria de amigos: uns eram catedráticos, outros pertenciam à Academia Brasileira de Letras, ou ganhavam rios de dinheiro nos negócios e na advocacia. Ele se limitava a continuar o que era, e isto, trocado em miúdos, equivalia a não ser nada, ou ser pouco, o que é um martírio muito maior.

À noite, passeando no *foyer* do Teatro Municipal no intervalo de uma ópera, teve oportunidade de dar consistência ao seu raciocínio e, naturalmente, ampliar o desapontamento. Como quem acerta as horas de um relógio, foi ajustando o seu tempo. Numa camisa branca, no corte de um *smoking*, num sapato de verniz, em luzentes abotoaduras de ouro, ele ia lendo as ambições e os destinos, o riso da fortuna e a pertinácia recompensada. Era como se, parado, assistisse a um venturoso locomover-se alheio. Passou em revista êxitos e ascensões; reconheceu os vários caminhos que separavam uma unha tarjada de negro e um colarinho empapado de suor de uma casaca e um braço que apoiava outro, por sua vez terminado em mãos onde coruscavam jóias.

Nessa posição de quem observa e se perde num emaranhado de reflexões, surpreendeu-o o Feitosa, companheiro de turma, e que algumas bocas descautelosas ou ousadas propalavam ter enriquecido em negócios escusos, em contrabandos e complicadas operações cambiais. Estendeu-lhe a mão gorda dos triunfadores, falou do iate que um defeito fizera recolher ao estaleiro, da piscina na casa de campo, do oceano atravessado à noite, dias antes, quando voltara da Europa. Espalhou ao redor a palavra fácil e melíflua da riqueza e o deixou, encaminhando-se, ventrudo, para a roçagante senhora que surgira ao pé da escadaria.

Em casa, sentado na cama, enquanto em sua memória tumultuavam ainda as últimas sobras de seu dia evaporado, Ataliba Tavares media a derrota. Mas dormiu logo, que estava estrompado.

No dia seguinte, o telefone o chamou após o café. Era o Bernardes Freitas, que o convidava para ser o orador do ano no Clube dos Procuradores. Garantia que, este ano, tudo seria diferente. O Josué era ministro de Estado, e estaria presente; o Francisco garantira mandar a televisão; o Cintra, eleito senador, não faltaria. Aceitou, mas com a sensação incômoda de que estava acolhendo pequenas migalhas ocasionalmente caídas da grande mesa da vida. Pensou em escrever algumas laudas. Nada lhe ocorreu — o melhor era entregar-se às lapidações do instante. E assim foi. À mesa florida, Josué presidindo a sessão, Cintra ao seu lado, vermelhuço e calvo, a câmera de televisão prometida por Francisco assestada em rostos que ficavam de olhos piscantes diante do esplendor das luzes, deram-lhe a palavra e ele começou a falar sem nenhum nervosismo, embora grandes luzes se tivessem fixado em suas pupilas. Citou o seu bom Vieira; exumou o excelente Bernardes; agarrou-se a Ihering, mostrou à assistência que era homem de boas leituras, e conhecia o seu Croce, o seu Ortega y Gasset. E, de repente, sentiu-se projetado nas nuvens, alçado por uma inesperada e insistente onda de aplausos.

— A grande finalidade do século XX, meus senhores, é dar à luz o século XXI.

Ali estava, naquela frase dita com uma veemência malcontida, a raiz dos aplausos. Fora aquilo. O senador Cintra afastava e aproximava as mãos gordas, como se fosse o regente daquela orquestra de palmas. A câmera de televisão, que se aquietara a um canto, voltara a fixá-lo, quase incandescente. Um rapaz moreno, de gravata vermelha, escrevia, numa das filas mais próximas.

Ataliba apressou-se a terminar o discurso. Novas palmas, frenéticas, sucederam-se. O ministro, encerrando a sessão, aludiu à "notável oração, precioso documento sociológico da crise do nosso tempo". Não chegou para os abraços. O ministro agarrou-o pelo braço, fez questão de deixá-lo à porta do Jóquei, onde os amigos o viram descer do cadillac.

Tinha um compromisso para aquela noite. Era o seu "caso antigo", discreto e plácido. Cancelou-o e não saiu de casa. Após o jantar, ligou a televisão. Acompanhou, aflito, o jornal. Inútil aflição! Lá estava ele, correto, parco em gesticulações, lá estava o ministro, ouvindo-o, e a assistência desatada numa catadupa de aplausos. O locutor informou que o doutor Ataliba Tavares pronunciara, naquela solenidade, uma oração admirável.

Na manhã seguinte, avançou, ainda jejuno, para os jornais. Era notícia. Seu nome transitava em reportagens, num texto-legenda, num registro sumário. Antes do banho, recebeu mais telefonemas do que habitualmente. O ministro Rosário, do Supremo Tribunal, lamentava não ter comparecido à solenidade, que o senador Cintra lhe assegurara ter sido brilhante. Foi almoçar no Jóquei, e lá o dispéptico Lopes Carmo, redator-chefe de um vespertino, lhe assegurou que ele fora muito feliz ao sintetizar, tão agudamente, a crise do século XX.

— Há laivos sociológicos em seu discurso. Vou, aliás, fazer um editorial a respeito — completou ele, mexendo na taça já vazia a colherinha de que se valera na sobremesa.

A tarde trouxe-lhe novos abraços. De noite, ninguém lhe falou no assunto, como se todos se tivessem esquecido, ou habitassem outro planeta.

Um suelto num dos matutinos proporcionou-lhe, na manhã seguinte, inesperado prazer. O editorial do Lopes Carmo estava prometido, mas as linhas que lhe caíam diante dos olhos, na manhã chuvosa, eram uma surpresa, denotavam que os deuses se tinham lembrado dele e conduzido a mão sutil ou vadia do jornalista. Foi almoçar num restaurante quieto, perto do cais Pharoux. Enquanto comia, escutava, lá fora, o apito rouco das barcas e o rumor dos caminhões descarregando cargas no mercado. Não havia nenhum conhecido ali. Findo o almoço, saiu para a banca de jornais. Na primeira página do vespertino negrejava a sua consagração: "Num admirável discurso, pronunciado dias atrás, no Clube dos Procuradores, o sr. Ataliba Tavares acentuava, com a sua dupla autoridade de jurista e sociólogo, a missão do século XX, em seu papel histórico de caldo de cultura do século XXI". À medida que ia andando, via, nas bancas, o jornal. Em oitenta mil exemplares, ele se distribuía pela cidade, geral como a poeira, o vento, a chuva, o barulho da vida.

Então vieram os dias de glória. Godofredo, encontrando-o num enterro (e ia naquele negro esquife, encarquilhada, a carne outrora adorável de uma das senhoras mais aventurosas e loquazes da bela época, dos tempos em que se abria a avenida Central e o tango penetrava, ousadamente, nos salões), assegurou-lhe:

— A primeira vaga no Instituto Histórico é sua, já está tudo combinado.

Realmente, empossou-se naquele augusto sodalício numa insuportável noite de novembro. O ministro da Educação, que presidia a solenidade, suava por todos os poros. E as senhoras que tão galantemente o ouviam fazer o elogio do Almirante Penaforte, seu antecessor, pareciam que iam derreter-se, róseas, sob as luzes fortes.

Foi eleito diretor de uma incerta companhia de eletrificação; limitava-se a assinar uns balancetes depois publicados nos jornais. Também foi levado, pela persistência afetuosa de um amigo, à diretoria de uma companhia imobiliária e seu nome aparecia nos anúncios, juntamente com outros, todos austeros e respeitáveis.

E eram dias de glória. O governo o mandou à Bolívia, na delegação que ia discutir um acordo cultural. E o Perpétuo, que saíra de fuliginosa obscuridade para o Ministério do Exterior, incluiu-o ainda na representação que assistiu à posse do novo presidente da Guatemala. O tédio das viagens e dos protocolos o fez recusar, até com uma descortesia de que se arrependeu e o levou a desculpar-se, convite para figurar na delegação que ia negociar tarefas com o governo revolucionário da Colômbia.

— Um homem público não se pertence — costumava dizer, nos dias de cansaço, quando as solicitações o derreavam, e ele era convocado, pela força dos acontecimentos, para fazer as pazes entre o senador Peçanha e o líder da maioria, que se tinham desentendido, ou, emissário de um acordo entre cavalheiros, ia procurar um diretor de jornal. O dever, a amizade, a cortesia escorriam fluidamente de sua vida. Seu nome foi cogitado para suplente de senador por um partido novo, que se propunha a moralização dos nossos costumes políticos. Recusou, e o resultado eleitoral mostrou a sabedoria do seu gesto. Além do mais, a vida partidária não o atraía. Era homem de princípios, idéias gerais. Preferia o rumor discreto dos salões e o silêncio estudioso da biblioteca às ululações dos comícios.

Uma revista o citou entre os solteirões que, pela elegância sóbria e aristocrática, cultura e consumada arte de viver, suscitavam, de quando em vez, longos suspiros em bustos jovens.

Verificou que a viúva Oliveira Botelho — em cuja carne madura os mais ousados traços do outono não se encorajavam a despontar — o acolhia com um olhar entremeado de promessas. Refletiu sobre esse casamento. O Oliveira Botelho, que se fora após a costumeira partida de tênis, deixara-lhe imóveis, apólices, jóias, uma casa em Petrópolis, e o filho, único, estudava na Suíça, ou nos Estados Unidos. Valeria a pena? A fortuna não o tentava. Sobre aquele verão pleno, de céu nítido e alto, o outono haveria de impor, dentro em breve, o seu flácido império. Tornou a refletir, e se preferiu solteiro, só duas vezes por mês fazendo sua concessão à besta, num apartamento discreto, freqüentado por gente de responsabilidade e costumes irrepreensíveis.

E os dias se sucediam. Os títulos se acumulavam sobre o seu rosto e gestos, pareciam atingir-lhe até a alma. Entrou para o Pen Clube, foi eleito para algumas Ordens, prestigiou obras de beneficência, arranjou dinheiro para velhos e órfãos. As primeiras comendas caíram sobre o seu peito como uma avara chuva de pétalas. Os convites para as festas e recepções de embaixadas eram uma trivialidade em sua vida; e, nessas ocasiões, ele não faltava com a frase de espírito, a ponderação judiciosa sobre os perigos que cercam a juventude de nossos dias, o cenho enrugado no momento em que o interlocutor aludia à gravidade de nossa conjuntura cambial.

E os tempos foram-se passando. A um dia, Ataliba Tavares contrapunha o espetáculo de sua sisudez ou uma malícia policiada. A uma noite, oferecia o riso de sua dentadura ou o corte de seu fraque. Foi à Europa, num congresso. Voltou da Europa, viu ao espelho que os cabelos brancos aumentavam, dando-lhe ao rosto um ar de estadista. Sessões solenes, festas, conferências, casamentos — cada dia e cada noite aumentavam o seu pecúlio graças à cortesia ou à tenacidade de Ataliba Tavares.

— Um homem público não se pertence — repetia ele à roda do Jóquei, num sorriso fatigado.

E se escoaram alguns verões até que chegou o dia de sua maior glória, aquele em que Ataliba Tavares surgiu, definitivo como uma estátua, perante a opinião pública. Foi a sua chegada ao Rio, após ter ido, como delegado especial, à assinatura do acordo postal-telegráfico com a Venezuela. Desembarcou triunfalmente, precedido pela fanfarra das gazetas. Comoveu os amigos, alguns dos quais não conseguiram deter cópias de lágrimas quando a Banda da Polícia Militar abafou, no aeroporto cheio de vento e sol, o ruído importuno de alguma hélice travessa. Todos os seus amigos tinham ido esperá-lo. Até o novo prefeito que não o conhecia pessoalmente, acorrera ao seu desembarque, representando a cidade.

Ele estava no quarto de hotel, em Caracas, olhando o esqueleto de um anúncio a gás néon (que só brilharia à noite, sobre sua janela fechada), quando sentiu uma dor à altura do peito. A princípio, pensou que fossem ainda restos de seu desapontamento, ao abrir a mala e verificar que se esquecera de trazer a colherinha de prata de tomar bicarbonato. Era como se quisesse dormir ou suas pálpebras pesassem como pedras; no ar, parecia antecipar-se a calmaria que propala os ciclones. Foi sentar-se à beira da cama. Sentia que estava sumindo de si mesmo, e era um sumiço aflito, feito de compressões, na tarde tremida e pulverulenta. Fechou os olhos; dir-se-ia que um trem o levava, a ele que, contudo, ficava paralisado.

Ao desembarcar no aeroporto do Galeão, Ataliba Tavares não ouviu os trombones, nem os clarinetes, nem os pratos que o reverenciavam. Não escutou a música fúnebre ou o ministro Rosário sussurrar ao Bernardes Freitas que sua morte era uma perda irreparável para o Brasil. Embalsamado e quieto, ele nada viu nem ouviu — nem os rapazes da televisão, nem as aeromoças de súbito silenciadas pela presença inopinada da morte, nem um rebocador que apitou longe, no fim da baía.

— Foi uma grande vida. O país perdeu um servidor dedicado — era o Cintra ao repórter.

Algumas mãos cívicas e piedosas haviam coberto o seu esquife com a bandeira nacional.

— A grande finalidade do século XX é dar à luz o século XXI — relembrou, comovido, um do grupo.

Mas um quadrimotor manobrava perto. E o vento de suas hélices sugou a frase lapidar.

O AMOR EM GRAJAÚ

Que uma empregada ame um guarda municipal, nada mais simples e ligado à tradição da cidade. Em Grajaú, porém, esse fato se tornou romanesco, pois a ama era uma espécie de cria da casa, e a família a que servia estabeleceu contra ela uma cerrada vigilância, e não a deixava passear com as companheiras, nem ir aos mafuás, nem conversar com os homens de boa ou má conversa.

No seu uniforme cor de rato, o guarda municipal era todo ansiedade, e desejo de encontro em Paquetá, e propósito de passeio de mãos dadas em fabuloso crepúsculo, e vontade de levá-la ao poeira em noite de sábado.

A patroa, porém, exigia que a empregada não se afastasse do portão à noite e se recolhesse bem cedo. Contra esses obstáculos cruelmente levantados entre dois humildes mas bem-intencionados corações eles não podiam lutar, e o amor de ambos não era senão uma seqüência de olhos compridos e gestos furtivos.

Há, na praça de Grajaú, vários postes. Nem todos foram necessários — apenas um. E neste poste, até hoje, eles desabafam as suas mágoas. Ao amanhecer, quando sai para fazer compras, ela se dirige imediatamente para o poste, que é o jornal mural do seu grande amor, e lê o ardente bilhete ali escrito pelo seu eleito.

À noite, ao iniciar a vigilância em Grajaú, ele acende um fósforo de encontro ao poste, pois a iluminação não ajuda, e se informa dos movimentos do amor naquela que é, diga-se a verdade, a luz dos seus olhos.

Assim vivem os dois, entre bilhetes queixosos e esperança em dias melhores.

Ela vai fazer vinte anos, e veio da roça para servir a essa família tirânica. Ele já tem trinta e três anos e mora em Niterói — algumas pessoas dizem-no casado e com dois filhos, mas devem ser calúnias, caso contrário ele não afrontaria tão dignamente as atrozes exigências do amor platônico.

Hora existe em que o amanhecer rebenta em Grajaú. Ela sai para fazer compras no momento em que ele já deixou seu posto e viaja de bonde para as barcas. Parada diante do poste, ela sabe que é amada, e fica imóvel e próspera de amor, banhada pela aurora, cheia de eternamente como uma figura mitológica. E é assim que, em Grajaú, a aurora nasce clássica.

TASMÂNIA

Em nossa casa sempre houve muitos livros, mas raros tinham o dom de interessar-me. Meu pai costumava trazer da cidade grandes livros negros — diário, caixa, costaneira — e passava as noites e os domingos em silenciosos trabalhos de contabilidade. Eu ficava ao seu lado, na mesa da sala de jantar, e terminava por dormir, a cabeça apoiada no braço esquerdo em ângulo. À meia-noite, ele interrompia as contas e cálculos, fechava os livros, armava-se de um revólver e saía, sob as estrelas, para dar a volta de cadeado no portão do sítio. Nesse momento, costumava dar um tiro para o ar, advertência aos ladrões que, desafiando a vigilância dos cachorros Turco e Jack, de vez em quando vinham roubar galinhas.

Na estante paterna, eu não encontrava o que queria. Uma vez, no tempo em que papai se peparava para o vestibular na Faculdade de Direito do Recife, cheguei a descobrir uma cosmografia, mas a linguagem arrevezada e os termos técnicos não me atraíram. Havia muitos livros de inglês. Lembro a série *The English Class*, de P. Dessagnes, o *The Story of the Romans*, de H. A. Guerber (exemplar datado de Garanhuns, 4 de julho de 1913), *An English Method*, do padre Júlio Albino Ferreira, um *Rational method following nature step by step to learn how to read, hear, speak and write French*, que me revelou, pela primeira vez, o enigma dos cotejos bilíngües. De minha mãe havia a *História do Brasil*, de Borges dos Reis, livro árido que só possuía uma atração: um mapa colorido. Coleções de leis, livros de Direito e outros volumes graves nada significavam para mim, que vivia à cata de história de fadas, relatos de aventuras, mistérios. Às vezes, meu primo Benedito trazia folhetos de Nick Carter e exemplares do *Tico-Tico*. Eram histórias seriadas, e durante muito tempo não pude entender a advertência embaixo das páginas — "continua no próximo número". Julgava que esse número significasse a página seguinte onde se contava uma história diferente. Em velhas revistas, como *Eu sei tudo*, encontradas na casa de Tia Flora, mãe de Benedito, eu agarrava novos retalhos desse mundo encantado. Insulava-me, lia, e as fotografias em sépia, cor de cinema, ampliavam, ainda mais, o evanescente mistério.

Por esse tempo, o "Meus Oito Anos", de Casimiro de Abreu, produziu sua aparição, presumivelmente numa edição popular de *As Primaveras*. Lembro que, quando Lou, meu irmão mais velho, fez nove ou dez anos, trepou a uma das mangueiras do sítio, lá em cima, com o livro, recitando o poema. Era um dia de sol claro e quente, que brilhava nas folhas verdes. Meu pai chegou para almoçar e perguntou pelo aniversariante. Disse-lhe que estava trepado na mangueira, a ler o "Meus Oito Anos". Ele objetou que, sendo um menino, Lou não podia ainda ter saudades da infância. O argumento, que não me ocorrera, iluminou-me, embora a vida, depois, me ensinasse a zombar do condicionamento histórico das nostalgias, e a ter saudades antecipadas do futuro.

Professor de inglês na Perseverança, meu pai assinava *The National Geographic Magazine*, de cujas ilustrações a cores me tornei assíduo contemplador. Postais do universo, luzes e figuras do texto indecifrável; e o sentimento da imensidão da Terra eternamente celebrada mais se avivou em mim diante dos retalhos de um atlas e de certas palavras descobertas em dicionários ou numa velha geografia, ou ouvidas em qualquer lugar. Passeando pelo sítio, ou sentado debaixo do pé de canito, eu repetia uma delas:

— Tasmânia.

Achava-lhe um sabor oceânico de distância, era como se ela fosse a casca acinzentada e veludosa de certa fruta — um sapoti, por exemplo. Não sabia o que havia dentro dessa palavra, ignorava o gosto, a consistência e a cor da polpa, ou a conformação do caroço oculto. Tasmânia. Pronunciava-a uma, duas, cinco vezes. Cansava-me dela, desistia de penetrar no cerne de seu mistério, agarrava-me a outras.

Uma constelação de palavras belíssimas fulgia em minha infância, além dos galhos floridos da paisagem, no claro céu azul, sob o sol grande. Guatemala! Flórida! Insulíndia! Eram palavras azuis como o anil das lavadeiras. Eram navios brancos, iguais às nuvens que boiavam acima dos negros anuns em revoada. E os nomes de lugares nativos, repetidos pelas bocas da vida ou imóveis nos letreiros dos bondes, vinham reunir-se a esses vocábulos preclaros. Jaraguá, Pajuçara, Bebedouro, Fernão Velho, Ponta da Terra, Trapiche da Barra. Nomes de lugares, nomes de nomes, duras palavras que, pronunciadas, se despojavam de toda a sua carga de figuras e acervo de passagens, fachadas, chuvas e pedras, e voltavam a possuir a nobreza das moedas jamais gastas, mudavam-se em efígies abstratas. As coisas tinham nomes, mas que nome poderia eu dar a certo momento odorante, ao minuto em que só havia salsugem e gaivotas no ar, à cantiga cantada por Ana, às notas de música furtadas ao piano de minha avó, ao grito dos meninos em torno do quebra-pote, na tarde de domingo?

Não, não havia nome para tudo. Um dia seria preciso, talvez, inventar palavras, seguir o mapa de um tesouro e desenterrá-lo, procurar no velho sótão o arcaz empoeirado e retirar dele, amorosamente, os velhos termos por outros considerados imprestáveis.

— Tasmânia.

Passara-se um minuto, um dia, talvez um ano, e eu já estava à mesa, na hora do jantar. Meu pai ouviu-me, perguntou-me surpreendido:

— O que foi que você disse?

— Tasmânia.

Velho leitor de *The National Geographic Magazine*, percebeu logo as conjuminâncias do achado. Quais saber onde eu o encontrara, e ficou logo decepcionado com a minha ignorância geográfica. Realmente, nada sabia do vocábulo, o que estava atrás dele, o eventual guerreiro desse escudo. Não se dando por satisfeito, e sem entender que alguém pronunciasse uma palavra cujo sentido lhe escapava, meu pai perguntou por que a enunciara.

Confessei-lhe que a achara muito bonita. E nosso desentendimento aumentou ainda mais. Como quem pega uma coisa, pesa-a na balança da vida, ele pronunciou: Tasmânia. E nada achou nela que o entusiasmasse. Era uma palavra como as outras, desmanchava-se depois de emitida.

— Tasmânia.

Olhou-me como a um estranho, como se houvesse em mim algo que lhe escapasse. E meu desejo, naquele momento, era abrir a boca e gritar bem alto as palavras belíssimas — Guatemala, Flórida, Insulíndia! — fazer com que todos à mesa partilhassem, comigo, daquele formidável banquete secreto que haveria de alimentar-me a vida inteira.

OS DOIS AMIGOS

Quando os dois amigos se encontravam, um deles sempre tinha pressa. No instante mal cabia um aperto de mão. O gesto afetuoso perdia-se no ar, inacabado.

— Precisamos nos encontrar! — exclamava o amigo vitorioso e apressado, e talvez uma fagulha de satisfação cintilasse no olhar do outro que sempre respondia, catando as migalhas da antiga estima:

— Telefone. Tenho o nome do catálogo.

O amigo, sempre ocupado, não dispunha de tempo para deter-se na calçada ou no meio da rua, tirar o caderninho de notas e escrever-lhe o nome e número do telefone. Mas não havia necessidade desse ritual miúdo: seu nome estava no catálogo telefônico!

Contava, de noite, à sua mulher, que encontrara o amigo de infância. "Estive hoje com o Felisberto Barroso." Dizia o nome todo, embora ambos tivessem sentado juntos nos bancos do grupo escolar. Chegara mesmo a salvá-lo uma vez de morrer afogado. Felisberto (ou Felisberto Barroso) não sabia nadar, jamais aprendera. E se não fosse a sua vigilância de amigo de infância, sempre atento e dotado de certa astuciosa subordinação, não teria agora seu nome nos jornais. Lembrava-se dos braços aflitos espadanando na água verde-garrafa do rio nos momentos em que, numa revista ou num noticiário radiofônico, ouvia o nome do amigo, nomeado para um alto cargo ou viajando para a Europa em missão oficial. Às vezes, encontrava-se inesperadamente com ele:

— Pensei que você estivesse na Europa. Li que foi nomeado para a delegação de Genebra.

— Já fui e já voltei. Agora a gente faz Rio-Paris em doze horas. É a era do jato. — E sorria feliz, mas talvez indiferente. Ou então, em sua pressa, só podia dar-lhe aquela fatia de glória. Fazia-lhe perguntas vagas, se ainda trabalhava no laboratório farmacêutico. E o amigo tornava a explicar que, há três anos, mudara de emprego, agora era vendedor de aparelhos termodomésticos.

— Precisamos nos encontrar! — exclamava Felisberto Barroso. E o amigo, os olhos em sua gravata de seda italiana, na imaculada camisa de cambraia inglesa, no tropical que zombava da inclemência do verão insólito, não podia deixar que uma velha lembrança lhe retornasse à memória, e ele voltasse a ser Felisberto Barroso no interior do laboratório farmacêutico vinte anos atrás. Visitava-o para obter amostras gratuitas, queixava-se de dor no lado do fígado, manifestava a sua fé nas vitaminas. Haviam chegado ao Rio quase ao mesmo tempo e certas noites passeavam juntos pela avenida, paravam na Galeria Cruzeiro, iam ao Vermelhinho tomar um chope. Era no tempo da ditadura, mas Felisberto Barroso se interessava pela política, tinha ambições. A ditadura caiu, e os seus encontros foram rareando.

Um dia, viu o amigo à porta do Serrador, conversando com o governador da Paraíba. Anos depois, Felisberto Barroso foi nomeado diretor de autarquia. Numa noite chuvosa, descobriu-o dentro de um carro oficial.

Os encontros eram cada vez mais raros.

— Precisamos nos encontrar!

— Meu nome está no catálogo.

Não lhe perguntava onde morava, talvez ignorasse mesmo que ele se casara e tinha uma filha de doze anos e um garoto de sete. Mandara-lhe o convite, mas nesse tempo o amigo estava em campanha eleitoral. Candidatara-se então a deputado federal, e perdera.

Quando se desentendera no laboratório, e o patrão o chamara para um acordo, a mulher sugeriu-lhe que deveria procurar Felisberto Barroso e pedir-lhe um emprego público. "Largue esse negócio e arranje um lugar de tesoureiro no serviço público. Veja o Leocádio, já comprou até automóvel e apartamento em Teresópolis." Leocádio era um vizinho cuja prosperidade assombrava os inquilinos do prédio; e, para não assombrá-los ainda mais, resolvera mudar-se para Botafogo. "Minha condição social exige que eu more num bairro aristocrático", confidenciara ao porteiro. A mulher tanto insistiu que ele procurou Felisberto Barroso que, suplente de senador, assumira o mandato por alguns meses. Subiu as escadarias do Monroe, entrou na fila para falar a um guarda, deu o nome a um funcionário e ficou esperando.

O sol fulgurava numa janela. Na grande sala de espera, tudo se resumia a conciliábulos e cochichos de pretendentes e queixosos. Afinal, chamaram-lhe o nome, apresentou-se a um funcionário que o conduziu através de alguns corredores, talvez o tivesse levado a subir uma escada ou a tomar um estreito elevador, não se lembrava mais. Felisberto Barroso recebeu-o sentado numa larga poltrona de couro na sala escurecida. "Estou exausto!" — foram as suas primeiras palavras, ao estender-lhe a mão, sem se erguer.

Contou-lhe a causa da exaustão: defendera, num discurso, a política econômico-financeira do governo. Citou os apartes, aludiu a nomes desconhecidos. Ao terminar, estendeu os pés na poltrona — usava sapatos pretos, de bico fino. Então ele relatou a história da briga com o dono do laboratório e expôs sua pretensão: um lugar de tesoureiro no Ministério da Fazenda. Felisberto Barroso atalhou-o: "No Ministério da Fazenda é um pouco difícil. Mas numa autarquia é mais fácil, não dá tanto na vista. E ganha-se a mesma coisa." Prometeu ajudá-lo. E ele, embora tivesse o nome no catálogo, preferiu dar-lhe por escrito o seu endereço. "Qualquer dia lhe telefono." O líder da maioria mandou chamá-lo, Felisberto Barroso levantou-se, pôs as mãos no seu ombro, garantiu-lhe: "Você vai ser tesoureiro, meu amigo." Como Felisberto Barroso não telefonasse nem desse notícias, a mulher se afligia: "E o teu amigo que não telefona?" Para saber se Felisberto Barroso estava mesmo no Rio, ele ligava o rádio na Hora do Brasil. O amigo estava no Rio, defendendo a política econômico-financeira do governo. Cansou-se de esperar, aceitou um lugar numa loja de aparelhos eletrodomésticos. Às escondidas da mulher, escreveu uma carta a Felisberto Barroso, entregou-a na portaria do Senado. Mas o amigo continuou mudo. Meses depois, cruzou com Felisberto Barroso numa esquina. Julgou que ele tivesse fingido não vê-lo, mas logo enxotou esse pensamento vil. Decerto ia distraído ou pensando na inflação. Numa tarde, em que saíra para engraxar os sapatos (fora designado subgerente da firma), Felisberto Barroso veio-lhe ao encontro, saindo de um grupo grande. Abraçou-o, disse-lhe que estava mais gordo.

— Cuidado para não engordar muito. Na nossa idade, é enfarte na certa. Controle o seu colesterol.

E se foi, sorridente, com a fina cambraia de sua camisa e uma gravata azul que era um espetáculo.

— E o seu amigo senador? — perguntou-lhe a mulher. Ele contou que o Senador Felisberto Barroso rompera com o governo, agora não tinha mais força nem para nomear um contínuo. Mentiu — "Dou graças a Deus por não ter saído esse emprego. O serviço público é um cemitério." Provou-lhe que nada é melhor que a iniciativa privada: já era subgerente da firma, ganhava bem, no Natal iria receber uma boa gratificação (podiam até passar férias em Poços de Caldas!). Para justificar os seus argumentos, invocou a festa do casamento da filha daquele diretor da Associação Comercial, as novas amizades, as comissões recebidas, a garrafa de uísque que um dono de banco lhe mandara. Essa conversa era de noite, na cama, antes de dormir, e a mulher usava uma camisola nova, cor de vinho. "Vou terminar diretor da Associação Comercial, pode estar certa."

No dia em que ele comprou o carro (a firma o ajudara obtendo descontos e pagamento facilitado), passou-lhe pela memória a figura do amigo dentro do chapa-branca, naquela noite de toró bárbaro. Agora também estava motorizado, era como se a distância que o separava de Felisberto Barroso tivesse diminuído.

O último encontro foi na porta do cemitério de Catumbi. O gerente da firma, seco e magro, Flamengo doente, fora-se num enfarte do miocárdio, e ele o velara a noite inteira, meio triste e meio alegre. O velho era ótimo, contava anedotas pornográficas. Mas já se cochichava no velório que ele seria o gerente. E foi ruminando essa perspectiva, que o compensava de tantos aborrecimentos e humilhações, que seus olhos se detiveram em Felisberto Barroso. "Olá!". Perguntou-lhe se sabia em que capela estava o corpo de um deputado. A mulher aproximou-se e ele a apresentou. "Ministro Felisberto Barroso, minha mulher." Sentia-se radiante, Felisberto Barroso era ministro e a ocasião ótima para exibir à mulher aquele raríssimo amigo de infância. E, para aumentar a sua felicidade, o presidente da empresa, que viera de São Paulo para assistir ao enterro, também se acercou dele e lhe permitiu exibir o seu prestígio. Ficaram conversando alguns momentos. À sua mulher, Felisberto pediu notícias das crianças, advertiu-a que ela seria uma das avós mais jovens do Brasil, já que a filha, normalista, arranjara o primeiro namorado. O presidente da empresa respondeu a algumas perguntas sobre a produção de aparelhos termoelétricos, e Felisberto Barroso falou num plano do governo, para conquistar novos mercados na América Latina. "Estamos exportando nossos liquidificadores até para os Estados Unidos", garantiu.

O secretário do ministro veio dizer-lhe que localizara a capela onde jazia o corpo do deputado. Ao se despedir, abraçou o amigo:

— Precisamos nos encontrar mais. Precisamos almoçar juntos qualquer dia destes. Telefona lá para o Ministério.

Quando Felisberto Barroso sumiu entre coroas fúnebres, a mulher virou-se para ele: "Um encanto, esse teu amigo." E ele teve que explicar ao presidente da companhia que Felisberto Barroso, seu amigo íntimo, desde a infância, tudo fizera para que ele largasse a iniciativa privada e fosse trabalhar no serviço público.

— Ofereceu-me até um lugar de tesoureiro no Ministério da Fazenda. Não aceitei. Meu lugar é na livre-empresa.

Foi nomeado gerente. De vez em quando viajava para São Paulo, ficava hospedado no Jaraguá, por conta da companhia, e passou a ter pequenas aventuras sentimentais. Orgulhava-se de ser um homem que dava todo o conforto à família. Deixara o bairro de Fátima, agora morava nas Laranjeiras, e sua mulher freqüentava salões de beleza e lojas de moda, interessava-se por decoração e colecionava bibelôs. A filha estava noiva de um engenheiro da Eletrobrás e ele já encarregara um corretor de arranjar-lhe um sítio — o garoto, que gostava de pescar, esperava que fosse perto de um rio.

Já não se recordava de Felisberto Barroso como antigamente, embora continuasse lendo o seu nome nos jornais ou vendo-lhe o rosto bochechudo nos programas de televisão. Nunca o visitara, nunca o procurara, nem sequer viera ao seu casamento, quando ainda não era um homem importante, reflexionava. E, de pormenor em pormenor, negava-lhe a qualidade de amigo. Fora apenas uma ilusão. Veio a Revolução. Felisberto Barroso foi preso, perdeu o mandado de senador e os direitos políticos. Ele experimentou certa satisfação íntima, como se a vida, em sua impiedosa cegueira, tivesse corrigido uma injustiça que através dos anos o alvejava. E quando, num almoço num grande grupo no Clube dos Banqueiros, se conversava sobre o governo banido, ele assegurou:

— Esse Felisberto Barroso é lá de minha terra. Conheço-o desde menino. Aliás — e sorriu maliciosamente — sou um pouquinho culpado pelos males que ele praticou no Brasil, pois o salvei uma vez de morrer afogado. — Cravou o garfo no bife malpassado e continuou: — Conheço-o desde menino. Não é flor que se cheire.

E queixou-se do bife: carne dura.

HISTÓRIA DE NATAL

Perguntei a minha mãe se meu pai era rico.
— Rico de filhos! — foi a resposta.
Saí pelo sítio. Meus irmãos estavam brincando, debaixo das mangueiras. Compreendi tudo: naquele tempo éramos sete. Ali estava, correndo entre as árvores, perseguindo lagartixas, toda a riqueza de meu pai. Minha curiosidade se explicava. Estávamos perto do Natal, e da possível fortuna de meu pai dependia o presente que eu iria ganhar. E como já houvessem acabado as aulas do grupo escolar e passássemos os dias ociosos, longe dos livros e cadernos, em nossas conversas vadias imaginávamos os presentes que nos estariam reservados.

Numa daquelas noites, quando meu pai, após o jantar, evocava a infância em Garanhuns, ouvi falar da Missa do Galo. Imaginei o canto de um galo despertando, no meio da noite, milhares de pessoas, que se levantariam estremunhadas e se encaminhariam para uma igreja.

O sítio em que morávamos era bem longe do centro da cidade. Quando íamos à escola, caminhávamos pelo menos quinze minutos até alcançar o fim da linha do bonde. Vacas e bois que pastavam perto da vacaria e atravessavam o caminho nos inspiravam medo e desconfiança, embora mamãe garantisse que eles só avançariam contra nós se estivéssemos de vermelho, o que não era o caso, pois as fardas do grupo escolar eram azuis (as velhas casimiras de papai, remontadas, serviam para fazer nossas calças) e brancas. Lou, Napoleão e eu nem sempre íamos de bonde. Às vezes, descíamos a pé, praticando o que chamávamos de "amor febril", em alusão a uma marcha militar. Mas quando fazíamos assim era às escondidas, por um indeciso espírito de aventura. De bonde, apreciávamos o momento da curva no farol, quando o mar aparecia longe, entre coqueiros e negros trapiches. Apostávamos sempre se havia ou não navios: freqüentemente, chegávamos a seguir pelo jornal a chegada e a partida dos paquetes, e apontávamos: "É o *Itanagé!*" Napoleão contradizia: "É o *Comandante Ripper!*"

Terminadas as aulas, íamos até a porta do armazém onde meu pai trabalhava como guarda-livros. Ficávamos olhando para os fardos de fazenda, enquanto o crepúsculo ia caindo buliçosamente sobre as pedras da rua e as fachadas desbotadas das casas. Papai aparecia, com a pasta debaixo do braço. Íamos para o ponto do bonde. No trajeto, ele conversava com outros passageiros. Uma das perguntas habituais era a respeito do número de filhos. "Quantos?" "Sete." Saltávamos no fim da linha. Já era noite. E a lua, branca e imensa, seguia-nos. Às vezes eu parava para que ela se detivesse no céu.

Estavam explicadas a longa caminhada através da noite, as roupas de casimira que, depois de usadas, se transformavam em nossas calças, as noites em que meu pai, terminado o jantar, ficava escrevendo, na mesa da sala de jantar, num grande livro negro, chamado costaneira. Sua única riqueza brincava descuidadamente no sítio, enquanto Jack e Turco latiam. Éramos pobres.

Mamãe esclarecera algumas de nossas dúvidas a respeito do Natal: não iríamos à Missa do Galo nem se armaria uma lapinha em nossa casa. Mas o que nos interessava eram os presentes. Não acreditávamos em Papai Noel, talvez porque achássemos impossível que ele viesse visitar-nos, a nós que morávamos tão longe. Ou então porque, tempos antes, alguém nos tivesse provado, decerto, que ele não existia, ou melhor, escondia-se no fundo da carteira paterna. Aliás, minha pergunta a respeito da fortuna de meu pai mostrava que eu não tinha ilusões a respeito da procedência dos presentes de Natal.

Rico de filhos! Notei então que meus irmãos estavam também à espera de presentes. Haveria partilha, e surpresa, o que não chegou a alegrar-me.

Eram sumários os nossos conhecimentos a respeito do Natal. Nenhum de nós fizera a primeira comunhão. Sabíamos apenas que Jesus nascera em dezembro e fora crucificado durante a Semana Santa, época em que não podíamos comer carne. Embora minha mãe possuísse um oratório cheio de santos — algumas imagens tinham sido trazidas da Bahia quando meu pai ali estivera — ninguém ia à missa. Meu pai saía certas noites; era maçom, tanto assim que, durante muitos anos, fiquei aguardando ser batizado pela Maçonaria, o que jamais se consumou.

Eu pensava em velocípedes, automóveis de corda e num livro de contos de fadas de que me tinham falado na escola. Muitas vezes, meus irmãos e eu discutíamos a respeito dos presentes, mas não chegávamos a um acordo.

E assim os dias se passaram até que chegou a véspera de Natal. Minha mãe nos anunciou que, naquele dia, iríamos à cidade, depois do almoço.

— Você está precisando de um par de sapatos. E Lou deve ir ao dr. Brandão.

Mamãe passava talvez anos sem sair de casa. Foi Ana que nos levou. Íamos limpos, alegres, penteados. No armazém, papai nos mostrou, orgulhoso, a seu Ferreira e a seu Caparica, companheiros de trabalho. Recebemos algumas recomendações. Quando, atravessando as rumas de fardos, passei pelo lugar do armazém em que trabalhava o dono de tudo aquilo, senti um misto de medo e respeito. Era aquele homem imóvel diante de tantos papéis o patrão de meu pai. Embora tão calado e triste, era riquíssimo.

Fomos cortar o cabelo na barbearia do Guanabara, que morreu tuberculoso, tempos depois, num dia de Carnaval. Ana mostrou-nos, divertida, um tipo desengonçado que andava pelo meio da rua: era o Guabiraba. No consultório do dr. Brandão, fomos também examinados e ganhamos algumas amostras. À tardinha, voltamos ao armazém. Papai, então, saiu conosco e nos levou a vários lugares, para compras. Apontava um de nós ao caixeiro: "Ele está precisando de meias." Comprou-me um par de sapatos.

Voltamos ao anoitecer. No bonde, eu olhava para os embrulhos e refletia onde poderiam estar os presentes de Natal. Naturalmente, meu pai os comprara antes e os escondera, para a surpresa do dia seguinte. Papai Noel existiria?

Quando chegamos a casa, a cozinheira já matara o peru. A cozinha cheirava a penas e sangue — cheirava a Natal.

Após o jantar, meu pai ficou conversando. As lembranças desfilaram, enquanto as mangueiras cantavam, musicais, ao vento, e a lua leitosa iluminava a parreira da varanda. Ele falou de seu casamento. Fora num feriado — não precisara pedir licença ao patrão para faltar um dia. Disse que, quando menino, quase entrara na Marinha. Poderia ter chegado a almirante! Falava do irmão morto na hecatombe de Garanhuns, das pontes do Recife.

Eu cabeceava de sono, embora quisesse ouvir até o fim o que ele contava. Meus olhos se apertavam.

— É quase meia-noite.

Ao longe, um sino tocava. Vozes alegres, fiapos de cantigas vinham da noite: era gente rumo às festas.

No meio da noite, acordei ouvindo o apito da fábrica e, ao longe, toques de sinos. Havia luz no quarto contíguo, e minha mãe estava ajoelhada diante de seus santos.

No dia seguinte, ao acordar, corremos para os presentes de Natal. Coubera-me um par de sapatos, exatamente o mesmo que fora comprado no dia anterior. Os presentes dos meus irmãos também correspondiam às nossas visitas às lojas. Apenas Maria ganhou uma boneca.

Se eu estava precisando, então não era presente! Com este pensamento assisti ao escoar-se do dia de Natal. O almoço foi alegre; bebemos vinho. À tarde, andando perto da cerca, vi um moleque empinando uma arraia que, após cambalear algumas vezes, terminou subindo, tatalante, para o céu azul.

Perguntei-lhe:

— Foi presente de Natal?

Sem desviar os olhos da arraia, e desenrolando a linha encerada, respondeu:

— Não. Já tinha antes do Natal.

— Mas você não ganhou presente?

— Nenhum.

Ele era feliz com sua arraia.

— E você, ganhou?

— Ganhei um par de sapatos.

Olhou para os meus pés, esticando o pescoço entre os mourões da cerca. Eu estava descalço, como ele. Fitou-me com um olhar talvez incrédulo. Depois, ficamos a ver a arraia distanciar-se no céu.

A VIÚVA E O ESTUDANTE

Um mês apó ter enviuvado, Matilde Pereira foi encontrar-se com o amante, um estudante de Direito chamado Tibúrcio Távora. O encontro era, como sempre, num apartamento em Santa Teresa, emprestado ao rapaz por um amigo; ele morava num quarto, na Glória, e sua senhoria não lhe permitia receber visitas femininas.

A imaginação de Tibúrcio acompanhava os passos de uma Matilde que acabara de tomar o bonde no Largo da Carioca e agora, atravessando os Arcos da Lapa, via talvez com indiferença os retalhos da cidade que se derramava, luminosa, entre ladeiras e montanhas. Em que estaria ela pensando neste momento? Em que pensariam as mulheres? Ou, mais exatamente, em que pensariam as viúvas?

Tibúrcio tinha vinte e um anos, e Matilde era a sua primeira amante. Filho de um desembargador, viera do Piauí com a missão de voltar à província natal com um canudo de bacharel e a referência de se ter formado pela Faculdade Nacional de Direito. O pai já decidira o seu destino, queria-o deputado.

Nesse momento, pensava Tibúrcio, Matilde saltara do bonde e vinha caminhando pela rua em declive, talhada em paralelepípedos irregulares. A porta do edifício de um amarelo descorado estava sempre aberta — e o porteiro, quase nunca encontrado, ficava o tempo todo no quarto dos fundos, lendo histórias em quadrinhos e cuidando dos seus curiós. Matilde Pereira vinha subindo a escada escura, e Tibúrcio adivinhava os seus passos silenciosos.

Ele não lograva ter noções precisas sobre a idade das mulheres. Desde os primeiros encontros, Matilde lhe transmitira idéias desencontradas a esse respeito. Numa tarde em que tomavam chá numa confeitaria do Largo da Carioca, ela dizia estar festejando, com uma semana de atraso, os seus trinta anos. "De hoje em diante, sou uma balzaquiana." Tempos depois, quando tinha ido ver um filme de Merle Oberon (e a mão de Matilde se aninhara entre as suas coxas, como uma aranha), ela cotejava a sua idade com a juventude eterna das atrizes de cinema, e aludia ao estilo de vida que lhes permitia ostentar fisionomias tão radiosas. "Elas fazem muita ginástica e muitas massagens," comentava. E aduzia: "Veja Greta Garbo, desde menina que eu vejo filmes dela, e já tenho trinta e quatro anos." Noutra ocasião, Matilde confessou ter vinte e nove anos incompletos. Um colega de Tibúrcio, um rapazinho de dentes amarelos que só tinha dois interesses na vida — os prostíbulos da Lapa e o Direito Internacional — tentou responder-lhe às dúvidas, sustentando que a idade das mulheres podia ser lida nas mãos, a primeira parte do corpo feminino a envelhecer. "Olhe a mão de uma mulher e você saberá a sua idade". Tibúrcio olhava as mãos de Matilde. Mas as suas mãos brancas, de veinhas azuis, continuavam mudas. Outras paragens de seu corpo, também interrogadas pelo olhar do rapaz, e às vezes pela sua mão ousada, mantinham-se num esplêndido silêncio.

— Como você é branca! — costumava observar o estudante, diante do contraste dos corpos abraçados. O negror das axilas, que ela não raspava, acentuava ainda mais a sua alvura. E, do umbigo, uma leve trilha escura descia até o púbis, como uma seta indicando um caminho.

— É que eu tenho sangue espanhol.

Tibúrcio se lembrava de um espanhol que se estabelecera em Teresina com um grande açougue, e enriquecera em poucos anos. Era um homem de um moreno carregado, parecia até filho da terra. De que ponto da Espanha teria vindo aquela brancura de Matilde?

Uma inquietação salteou o estudante. Matilde, agora, era uma viúva, e uma viúva moça, que voltara a morar com os pais e uma irmã solteira. Esta evidência levou Tibúrcio a fazer recuar o bonde que já se aproximava da curva da rua. Matilde estava mais uma vez atravessando os Arcos da Lapa, e o bonde balouçava nos trilhos. Ela era jovem, tinha trinta anos, trinta e quatro incompletos, talvez vinte e nove. O destino, como se soubesse com antecedência daquele amor furtivo, a retirara da lista das mulheres fecundas e maternais. Um colega da repartição, onde ela ia uma vez por semana só para assinar o ponto ("Foi um senador que me arranjou esse emprego", ela garantia), a chamara de *viúva de fresco*, o que provocara risinhos, acompanhados porém da informação tranqüilizadora de que se tratava de português clássico. E o vento que agora soprava, vindo do mar, trazia ao mesmo tempo calor de sol e frescura. Viúva de fresco! Por que não se casava de novo? A imagem de Tibúrcio atravessava a sua mente.

No quarto, o estudante ia e vinha, ansioso, esfregando as mãos. Vivendo da mesada paterna, e com o destino já decidido, não poderia desviar-se do caminho que lhe haviam traçado. Faltavam dois anos para se formar, e o seu futuro era claro. Voltaria para Teresina, advogaria, se casaria, seria deputado. Talvez a sua noiva já tivesse sido escolhida nas conversas familiares, e o futuro sogro estaria a esperá-lo, reservando para ele não apenas a inocência de uma moça educada num colégio de freiras mas ainda um curral eleitoral transbordante de votos.

Tibúrcio devaneava. Cumpriria apenas um mandato de deputado estadual. A Câmara Federal o esperava — lembrava-se de que, no dia anterior, vira as escadarias do Palácio Tiradentes serem lavadas com esguichos fortes de água, e era como se aquela providência fosse a antecipação de sua trajetória política. De novo no Rio, tornaria aos encontros clandestinos, com a atração e a autoridade do êxito. Eram comuns, no Piauí, os cidadãos austeros que tinham duas famílias — "A Casa Civil e a Casa Militar", como se dizia, em lampejos de malícia. Ele, porém, seria discreto.

O estudante já começava a sentir nostalgia da carne branca de Matilde, e do negror de seus pentelhos, quando a necessidade de iniciar a carreira política o obrigasse a anos de ausência na cidade natal. Naturalmente poderia vir ao Rio de vez em quando. Mas não seria a mesma coisa... Ela estava subindo Santa Teresa, num bonde sacolejante, que a cada segundo se aproximava mais da curva. E se Matilde, que a viuvez tornara livre, reclamasse dele um casamento? Havia a diferença de idade. Quantos anos os separariam? Dez? Quinze? Vinte? Uma vez, quando ela estava no banheiro, pensara em abrir a sua bolsa e ver a carteira de identidade. Mas a sua curiosidade poderia deixar sinais. A carne de Matilde, de uma brancura de mandioca ou de lua na madrugada, não o instruía a respeito dessa diferença de idades. Era, contudo, evidente que ele jamais poderia casar-se com ela. Não passava de um estudante de Direito, sem meios de sustentar uma família. Além disso, Matilde já lhe dissera, várias vezes, ser estéril, o que os dispensava de certas precauções nos encontros amorosos. E os Távoras do Piauí, que se entroncavam com os Azevedos de Almeida e os Alencares, e a cuja genealogia ele pertencia, eram extremamente ciosos de suas descendências. Em vão o Marquês de Pombal quisera exterminá-los. Eles haviam fugido para o Nordeste, irradiando-se em ramos incontáveis. Uma vez, estendido na cama e tragando a fumaça de um cigarro, Tibúrcio dissera a Matilde, quando ela invocara os seus ancestrais espanhóis:

— Você sabia que eu, pelo lado materno, sou da família do José de Alencar, aquele que escreveu O *Guarani*?

Teve a impressão de que ela o olhava com mais respeito.

— Ah, sei, aquele da praça no Catete? Parabéns — E acrescentou: — Vocês, do Norte, têm troncos e raízes.

Agora, o jovem e inquieto rebento da grande árvore que produzira o autor de *O Guarani* (Tibúrcio conhecia apenas alguns trechos do romance, lidos como dever escolar, nos tempos de ginásio), voltara a seguir mentalmente o trajeto de Matilde. Sim, seria impossível casar-se com ela. Os seus rumos já estavam traçados: o canudo de bacharel, a banca de advogado, o casamento com uma moça de boa família (*uma moça virgem*, sublinhou o seu pensamento), a carreira política. Nesse espaço não havia lugar para Matilde, a não ser como um segredo ou uma aventura.

Muitas vezes, ela aludia ao mistério que a levara a entregar-se a Tibúrcio. Proclamava a sua pureza e fidelidade anteriores: jamais poderia imaginar, antes, que o Destino (pois tinha sido ele, em pessoa, com o seu portentoso *D* maiúsculo) a obrigasse a romper um juramento assumido aos pés do padre.

— Foi amor, Tibúrcio, foi amor.

A ênfase dada a estas palavras expulsava os pensamentos malignos que costumavam assediar o estudante, e ele se sentia reconfortado e envaidecido.

— Foi uma loucura, Tibúrcio, foi uma loucura.

A sinceridade fulgia-lhe nos olhos como dois sóis gêmeos. Mas esse duplo clarão não o impedia de, semanas mais tarde, repisar as suspeitas. O ciúme o instigava a perguntas ousadas. Ela negava, encolhia-se na cama, pudica, ofendida.

— Nunca! Nunca mesmo.

O estudante evocava aquela festa de aniversário de um colega em que Matilde cravara nele os olhos sequiosos. Os encontros em que havia esperado em vão lhe acudiam à memória, porém as explicações de Matilde vinham acompanhadas de carícias, verdadeiros bálsamos, e as desconfianças se apagavam lentamente. Agora, à medidada que Matilde Pereira se aproximava do quarto, mais Tibúrcio Alencar Azevedo de Almeida e Távora admitia a sua fidelidade. Mas havia sempre um ponto rebelde, uma sombra quente e incômoda. Ela o iniciara em certa prática amorosa que colidia com os seus brios de piauiense. Perguntara-lhe quem lhe tinha ensinado aquilo. A generalidade da resposta não o contentara.

Chegou o momento em que Tibúrcio não podia mais fazer recuar o bonde que subia a montanha de Santa Teresa, avançando entre ruas sinuosas e muros brancos. A campainha da porta chiou.

Foi abrir, e seus olhos receberam uma Matilde que estava toda de preto, da cabeça aos pés. Despojada dos vestidos alegres e estampados de antes, ela parecia, não mais velha, porém mais respeitosa e madura — sem que esse respeito e madureza lhe aumentassem a idade incerta. O chapéu cilíndrico, algo bizarro, tinha um véu que lhe cobria o rosto, chegando mesmo a ocultar-lhe os olhos. Pusera ruge e batom, e Tibúrcio não deixou de sentir-se intrigado diante daquela viúva recente que se pintava, usando com desenvoltura as armas de sedução que são os perfumes e cosméticos. Sim, porque do corpo de Matilde se evolava o mesmo perfume persistente que ela punha em certas paragens de seu corpo, especialmente atrás das orelhas e sob os seios.

Ela o abraçou mudamente, e o abraço os liberou para as palavras que começaram a sair de ambas as gargantas, a princípio em frases sumárias, depois tumultuosas.

— Foi um infarte fulminante! — mais uma vez Tibúrcio ouviu a informação, antes reiterada em telefonemas, que talvez pudesse justificá-los ou absolvê-los.

Aquele homem forte e corpulento que só pensava em coisas práticas, e gostava de jogar bilhar e torcia pelo Fluminense, fora *atraiçoado* pela morte. Fora uma traição do destino, igual a esta outra que os unia no apartamento de Santa Teresa.

— Quando o médico chegou, não pôde fazer mais nada.

Era como se a morte, repentina, fosse um privilégio. Ela ainda falou da missa de sétimo dia: muita gente, ele era muito querido. Mas a vida estava mais uma vez diante deles, imensamente aberta, com a sua goela misteriosa.

— Vamos para o quarto.

Foram. Primeiro, ela tirou o chapéu, que ficou junto às luvas negras. Depois, desabotoou o vestido severo e acetinado, fazendo aparecer uma combinação rendada, de seda negra, de que se desembaraçou lentamente, como se estivesse cumprindo um ritual. O porta-seios tinha a mesma cor de sua viuvez, e ela o manteve por enquanto a lhe cingir o busto, preferindo livrar-se antes da cinta negra que lhe aprisionava as ancas fortes. Foi então que a sua nudez começou a aparecer: uma carne branca e todavia quase rósea entre as calças rendilhadas e as ligas que prendiam as meias negras. Depois, tirou a cinta, pondo-a numa cadeira, num gesto quase amoroso. Tibúrcio quis abraçá-la. Com um olhar grave, ela o induziu a esperar.

Tibúrcio notou que, na mão esquerda, Matilde usava agora duas alianças. Era um sinal de fidelidade a uma convivência tornada apenas sombra e memória. Mas era também o sinal veemente e póstumo de uma infidelidade. Assim era a vida: os dois pratos da balança tinham o mesmo peso. Talvez a própria balança fosse viciada.

Matilde tirou os brincos de ouro ("presente do meu marido, no quinto aniversário do nosso casamento!") e se sentou na cama para se desembaraçar das botinas pretas. As meias foram resvalando lentamente até os pés: cariciosas meias de seda, de um negro diluído que evocava o frescor da carne escondida. As ligas haviam deixado marcas nas coxas fornidas. Tibúrcio foi até a janela, que se abria para uma paisagem longa e funda, rajada de arvoredos, até o Cristo do Corcovado. Quando se voltou para Matilde, ela já estava nua. E, ainda sentada na cama, abriu as pernas e o atraiu. Ele sentiu as mãos dela a lhe puxarem docemente os cabelos e as orelhas.

Já deitados na cama, lado a lado, passaram a conversar. Cada palavra de Matilde enxotava as suas inquietações. Ele queria saber. Então, rendeu-se à curiosidade e lhe perguntou:

— Você chorou muito?

Ela havia chorado com todas as lágrimas do seu corpo, e respondeu:

— Muito. Ele era muito bom para mim, me compreendia muito.

E fechou as pálpebras, como se desejasse evocá-lo, resgatá-lo das cinzas. Mas que significava aquela alusão à capacidade de compreensão do defunto? Tornaram a ficar calados, até que a voz dela rasgou o silêncio:

— Ele deixou uma coleção de selos. Se você quiser, eu lhe dou.

Tibúrcio estremeceu. E recusou o legado surpreendente:

— Quero não.

Ela aprovava a sua volta à terra natal.

— Quero ver você deputado, citado n'*O Globo*.

Também concordava com o seu casamento com uma moça do Piauí. E, baixando a voz, como se alguém pudesse ouvi-los:

— Quando você voltar, a gente pode continuar o romance.

Diante de Tibúrcio se abria, com espantosa antecedência, o grande tempo em que ambos estariam separados. No ano seguinte ele se formaria, começaria a carreira política, teria de casar-se. Os Alencares e Távoras mandavam no Piauí, e ele seria deputado estadual na própria legislatura. Fez as contas mentalmente: só voltaria ao Rio, em caráter definitivo, daqui a uns sete ou oito anos.

— Oito anos — e deitou os olhos nos quadris largos de Matilde e nos pêlos negros que, do púbis, avançavam para as coxas.

— O quê? — ela parecia ter saído de um chochilo.

— Só daqui a oito anos é que posso voltar para o Rio. É muito tempo. Mas ainda temos mais de um ano juntos.

E, acolhendo uma idéia que lhe surgira naquele instante:

— E, se eu não quiser voltar para o Piauí? Posso fazer carreira de advogado aqui no Rio.

Ela soergueu o busto — eram seios rijos e grandes —, ajeitou no travesseiro os cabelos negros que se derramavam, pegou num grampo que resvalara no lençol, e atalhou, séria:

— Não, o seu futuro está no Piauí. Você tem de voltar, para fazer carreira.

As pálpebras de Matilde tornaram a descer, impedindo Tibúrcio de ler em seus olhos. Estaria ela sendo sincera, renunciando ao seu amor para que ele pudesse realizar-se na vida? Ou era a sombra de uma nova infidelidade que se insinuava em suas palavras? Fitou as duas alianças. Qual delas teria pertencido ao defunto? Naturalmente Matilde a levara a um joalheiro, para justá-la ao seu dedo. Quis perguntar, mas sofreou a curiosidade. Seria uma indelicadeza.

— Você tem de voltar para o Piauí, meu bichinho.

A mão dela se aninhou entre as suas coxas: a sua leve mão de aranha. Depois, ele ouviu:

— Além do mais, não se esqueça de que eu já tenho vinte e sete anos.

ZENÓBIA

A nova empregada era uma negra chamada Zenóbia, que cheirava à miséria das favelas sem latrinas e banheiros, ao suor acumulado nos trens da Central e nos bondes e ônibus congestionados, as roupas sempre sujas e empoeiradas, talvez manchadas pelos vômitos das comidas estragadas e das farras nos mafuás.

— Uma negra fedorenta — foi o julgamento sumário de Jandira, quando a admitiu.

Nos primeiros dias, Jandira pensava que ela não daria certo.

— É muito porca — dizia para José.

Mas, como as empregadas domésticas se estavam tornando cada vez mais difíceis, e era preciso tomar cuidado com as ladras, Jandira foi tolerando-a, tentando incutir nela hábitos de limpeza. Chegou mesmo a dar-lhe alguns vestidos velhos e as sandálias que a sua sogra lhe mandara do Nordeste, e eram muito frouxas para ela. Zenóbia deveria tornar-se apresentável.

— Quero tudo muito limpo!

Com os seus olhos avermelhados, Zenóbia a fitava num silêncio talvez irônico, a gaforinha um pouco desalinhada, o beiço caído deixando ver um incisivo enegrecido.

Jandira descobriu que ela lhe furtava cigarros, e ia fumá-los no pequeno quarto de empregada utilizado apenas para guardar as suas coisas, pois dormia em casa, num subúrbio longínquo. Um pudor mesclado de vergonha a impedia de queixar-se do sumiço dos cigarros ou de reclamar trocos errados. Zenóbia costumava cantar cantigas de carnaval, o que às vezes irritava Jandira, para quem o silêncio também fazia parte da higiene doméstica. Uma vez, viu-a, na hora de sair, escondendo um embrulho pardo numa comprida bolsa de malha — eram restos de comida, que ela levava para casa. Fingiu nada ver, abriu a porta da geladeira para beber água, e lhe recomendou que, no dia seguinte, chegasse mais cedo. Ela se queixou dos atrasos do trem: saía de casa ao amanhecer, era obrigada a tomar trem e ônibus.

— Vida de pobre não é sopa não, dona Jandira. A gente dá duro.

As folgas de Zenóbia eram aos domingos.

Numa segunda-feira — nesse dia que, para Jandira, era o pior da semana, pois vinha interromper, inexoravelmente, o fluir das horas ao mesmo tempo célebres e demoradas em que ela e José ficavam juntos e solidários, unidos por uma aliança misteriosa, e apagar a sua ilha de sol e de palavras, e, sendo tão distante dos domingos sucessivos, representava mais uma vez a confirmação de sua vida tediosa e sem acontecimentos — Zenóbia não apareceu. Jandira desconfiou de que tivesse sido roubada. Abriu armários e examinou gavetas, mas tudo estava nos seus lugares, desde os vestidos e sapatos até as jóias e os objetos de toalete. Além do mais, era no meio do mês, e ela não lhe pedira as contas, sinal de que pretendia voltar. O que teria acontecido a Zenóbia? Teria morrido, atropelada por um bonde ou um ônibus, ou despedaçada por um trem da Central?

Só na semana seguinte (e Jandira procurara, inutilmente, uma nova empregada), foi que ela reapareceu. Emagrecera ainda mais, tinha os olhos mais avermelhados e um ar suspeitoso de quem esconde segredos. Do seu corpo ou de sua roupa frouxa parecia vir um cheiro incômodo de sangue seco, de suores inconfessáveis, de danças frenéticas em terreiros de macumba. Tossia, de vez em quando, e disse a Jandira que passara a semana acamada, com febre alta e vomitando. A madrasta, com quem vivia, pensara que ela ia morrer. Pedira a um cunhado, mata-mosquitos, que viesse avisá-la de sua doença. Ele não tinha vindo? Ante o movimento negativo da cabeça de Jandira, comentou:

— Mentiroso, me disse que tinha deixado o recado com o porteiro.

Zenóbia teria tido um começo de pneumonia? Ou fizera um aborto? Por um momento, ocorreu a Jandira que aquela negrinha dissimulada que, entre olhares cautelosos, lhe furtava cigarros e restos de comida, era um ser humano dotado de fantasias, que amava e sonhava. Dias depois, Zenóbia lhe contou que tinha um caso com um motorista de táxi, com quem freqüentava um terreiro de macumba, e que a levava, aos domingos, para tomar banho de mar. Ela preferia a praia de Maria Luísa:

— Dizem que a lama é boa para reumatismo. Quando eu era menina, sofria muito de reumatismo.

Então Zenóbia tinha um homem, amava — mas como seria o amor dos negros e pobres, que viviam como bichos nas favelas e cabeças-de-porco, entre ratos e montes de lixo?

— Lá onde moro, há cada rato deste tamanho, dona Jandira — num gesto monumentalizador, Zenóbia substituía a indignação por algo que, na revelação de um mundo longínquo e repelente, juntava divertimento e ironia.

Jandira tinha horror a ratos. Quando via um deles estirado numa calçada ou num meio-fio, uma longa náusea a sacudia. Era como se as entranhas da terra tivessem lançado ao sol um vômito indecoroso. José lhe dissera que, nos armazéns frigoríficos junto ao cais, haviam ratos peludos e enormes que se tinham habituado a temperaturas frigidíssimas. Viviam entre barras de gelo, alimentavam-se da carne estocada para exportação, atravessavam a avenida Rodrigues Alves, subiam para os porões dos navios ancorados. Os ratos viajavam, talvez fossem para a Austrália, descessem em fétidos portos do Oriente.

— São ratos enormes, dona Jandira.

Talvez Zenóbia não tivesse dito mais nada. Jandira se escutava a si mesma, no silêncio que se alargara, e um sentimento próximo da repulsa se apoderava dela, diante daquela empregada que, tendo passado uma semana sem trabalhar, voltara cercada de pequenos mistérios, e trazendo notícias de coisas imundas. E, os olhos quase fechados, imaginava ratos repelentes conspurcando a pureza de um gelo cândido como a neve, um gelo branco e virginal.

As conversas de Zenóbia com os feirantes, os caixeiros e os entregadores induziam Jandira à convicção de que ela possuía uma larga experiência dos homens. E, numa manhã em que a empregada se queixava de um incômodo secreto ("uma dorzinha na madre, lá dentro", segundo as suas próprias palavras), Jandira pôde apurar que ela perdera a virgindade aos doze anos. Um homem desconhecido, quase um velho, e com quem ela se encontrara por acaso numa ladeira perto de casa (morava então num barraco no Morro da Babilônia), terminara por levá-la para um capinzal. Jandira quis perguntar-lhe o que sentia quando se entregava aos homens, mas um movimento último e imperioso de pudor a deteve. Entretanto, tinha a certeza de que Zenóbia *gozava* — e, no mais profundo de seu espírito, dividido entre a atração e a repugnância, sublinhava aquele verbo ungido de uma promessa de rendição e plenitude, e que era ao mesmo tempo uma vitória e uma capitulação.

Aquela negrinha raquítica, que diariamente gastava quatro horas de sua vida indo para o emprego e voltando para casa, enfrentando ônibus e trens superlotados, e transitando num mundo de fedores e vexames, conhecia o desejo e o prazer. Jandira a imaginava abrindo as pernas finas para um homem, dizendo-lhe essas palavras que talvez não devessem ser ditas por uma mulher nem mesmo na maior escuridão, mexendo as ancas sumárias para excitar o macho suarento. Zenóbia haveria de praticar o amor rumoroso e impudico dos que gemem e gritam, e não o amor silencioso que se equipara a um segredo.

Apesar do ar de miséria e desalento que a envolvia, Zenóbia ostentava algo que, ao mesmo tempo, repelia e atraía Jandira. Era como se, nela, fosse visível uma parte da vida habitualmente morta ou reprimida nas outras pessoas. Os ritmos de carnaval, as cantigas e danças que festejavam os deuses de macumba cobertos de grinaldas, as apimentadas comidas ancestrais — todo um universo oculto, e no qual os corpos valiam mais que as almas, e ambos se fundiam num grande cântico de fervor e alegria, entrava em sua casa, ou a sujava, no momento em que Zenóbia transpunha a porta da cozinha.

Diante da empregada negra, Jandira se sentia diminuída e mutilada, como se sua vida fosse apenas a metade de si mesma. A outra metade fora sacrificada pelo tempo, não constituía mais o seu legado nem a sua oferenda. Assim, os mais feios e pobres eram os mais belos e ricos. Nas favelas, nos terreiros de macumba, descendo a avenida nas escolas de samba, jogando flores no mar crepitante para festejar os deuses que tinham vindo da África no fundo de seus corações ofendidos e de suas memórias humilhadas, eles exibiam a herança incomparável que os resgatava do esquecimento e da morte. Eles eram a vida, o amor, a alegria de existir. Para eles, viver não era caminhar. A vida era uma dança — e mesmo na cama eles dançavam. Para eles, a cópula era uma dança. Mesmo à noite eles dançavam sob o sol. Havia um sol dentro das trevas.

Foi nesse dia que Zenóbia lhe perguntou há quantos anos estava casada, e por que não tinha filhos.

— A senhora não pega filho? É maninha?

Era uma pergunta de mulher para mulher, e que as colocava, de súbito, no mesmo plano de igualdade. Jandira deixou a interrogação no ar, esquivou-se em silêncio, como se fingisse esquecê-la.

Maninhas eram as vacas que não emprenhavam. E atrás daquele verbo — daquele *pegar* que tinha algo de viscoso — se escondia, muro feito de uma única palavra, o que ela possuía de mais secreto e impartilhável. Como Zenóbia ousara fazer-lhe uma pergunta dessa natureza? Ou pensaria que ela evitava filhos?

Foi na entrada do verão que Zenóbia lhe pediu as contas. Com um ar em que se mesclavam modéstia e triunfo, participou-lhe que ia deixar de trabalhar para viver com um homem. Então ela largara o motorista de táxi — foi a primeira observação que acudiu a Jandira. Como eram frágeis as alianças que ligavam as pessoas! Zenóbia, como se esperasse a indagação da patroa a respeito da cor de pele do novo companheiro, acrescentou, levantando para ela os olhos menos avermelhados desde que Jandira lhe dera um vidro de colírio, e respirando forte pelas narinas dilatadas que deixavam ver alguns pêlos:

— Ele é português.

Ante o silêncio de Jandira, completou:

— Vou morar com ele e cuidar da casa. — E, após um instante de hesitação: — Ele vende caixão de defunto.

Da janela de seu quarto, Jandira viu-a, no anoitecer de sábado, sair pela porta de serviço e encaminhar-se para o ponto de ônibus. A sua bolsa ia carregada, como se, fiel a um hábito, ela estivesse levando restos da comida sobrada do almoço.

Na semana seguinte, Jandira deu por falta dos óculos escuros de José. Teriam sido perdidos na praia? Ou a festeira Zenóbia os levara, como um presente destinado a selar a sua aliança com o papa-defunto?

OS EMBLEMAS DO MAR

O cheiro de açúcar entrou-me pelas narinas, juntamente com o do mar perto, que os negros trapiches fincados sobre as águas escondiam.

Na manhã de domingo, tínhamos vindo marchando desde o Grupo Escolar D. Pedro II, na praça Deodoro, até aquela rua quase tortuosa, calçada de paralelepípedos disformes. No ar, pairava um rumor festivo e aguerrido, e as fardas azuis e brancas da garotada das escolas públicas misturavam-se aos uniformes amarelos dos soldados. Na praça, junto à ponte de desembarque, onde havia um coreto, estavam as tropas do 20º Batalhão de Caçadores (o chamado 20 BC) que iam combater na revolução de São Paulo.

Aquele ritual bélico pouco me interessava. Só um momento a minha atenção convergiu para ele. Foi quando uma moça, talvez professora, se aproximou de um tenente montado a cavalo e, em sinal de despedida, lhe ofereceu um buquê de rosas. Ou porque o fato me impressionasse pessoalmente, ou porque alguns comentários em torno me levassem a atentar para a singularidade do gesto, ainda hoje visualizo a cena, e vejo o tenente, no seu cavalo castanho, inclinando-se para receber a úmida dádiva matinal.

Era no tempo da revolução de 32. Menino de oito anos, com os pés cansados de tanto andar sobre os calçamentos ásperos ou entre os trilhos dos bondes, tinha uma idéia confusa das guerras e revoluções e de outros desentendimentos humanos. Mas aquela parada se inculcara um acontecimento de alto porte para a minha vida. O mar que eu sempre via longe, quando o bonde dobrava a curva do farol, o mar que era a porta prometida do universo estava agora ali em Jaraguá, bem perto de mim. Gaivotas voavam sobre as espingardas e os quépes dos soldados. De vez em quando o mar estrondava e, chapinhante, vinha estirar-se entre os grossos caibros que sustentavam, palafiticamente, os trapiches onde estavam armazenados, à espera dos cargueiros, gordos e gosmentos sacos de açúcar.

As fachadas dos sobrados que abrigavam as escuras contabilidades dos homens eram sujas e enegrecidas, com a pintura das janelas descascada pela maresia e grandes chuvas que choviam. Desde que eu penetrara naquela rua que mutilara a minha visão do mar, ia recolhendo todos os emblemas do pequeno mundo alfandegário onde, nos dias úteis, criaturas trabalhavam em função das estivas e dos dinheiros do oceano. Talvez porque fosse um domingo diferente de todos os outros — um domingo em que o alagoano ia à guerra — havia um outro armazém aberto com pessoas atrás dos balcões, movendo-se entre réstias de cebolas e fardos de algodão, conversando e observando o desfile. Eu lia as tabuletas das casas: The Western Telegraph, Lloyd Brasileiro, agências de nomes ingleses, companhias de seguro, numerosas formas de cal no ar de sal. E, dominando o ambiente, não apenas como o seu cheiro inconfundível mas até como se fosse cor, luz, espessura, pairava um aroma que somava açúcar, vento, peixe e maresia.

Nos azulejos de um sobrado de desbotada platibanda que mesmo ao sol e à bulha não se libertara de sinistro ar de desolação, na carroça encostada a uma esquina, nas palmas de um ajuntamento que aplaudia as tropas, nas moscas que zumbiam atraídas pelo mel dos balofos sacos amontoados, nas alvarengas abandonadas na areia da praia, nos olhos tumefactos do mendigo que exibia ao sol a sua elefantíase monumental — em todos os elementos do panorama o oceano próximo colava um transparente selo azul.

Era a hora de cantar o hino da terra natal. A diretora da escola, dona Elisabete, e as professoras — dona Júlia, dona Carmelita Jucá, dona Hermelinda Fazio — iam de grupo em grupo de alunos, faziam recomendações. Abrimos todos a boca:

> *Alagoas*
> *estrela radiosa,*
> *que refulge*
> *ao sorrir das manhãs,*
> *da República*
> *és filha donosa,*
> *maga estrela*
> *entre estrelas irmãs.*

Nenhum de nós sabia o que fosse "filha donosa", e alguns, à guisa de correção, cantavam "magra estrela". Infiltrando-se no hino que a multiplicidade das vozes desafinava, o mar fremia.

E era para as ondas do mar que os meus olhos se voltavam. Jamais eu me aproximara tanto dele; não embargante, ainda estava longe, minhas mãos não tinham ainda mergulhado em suas águas, meus pés ignoravam a sua carícia. Os soldados estavam embareando, no ar pesavam fanfarras e exclamações aguerridas de enrouquecidas gargantas paisanas, mãos femininas batiam palmas.

Mas os meus ouvidos tinham, em poucos instantes, aprendido a separar o quase imperceptível ruído do mar de todos esses levianos barulhos terrestres — como, numa festa, distinguimos o fino rumor dos cristais e a vibração dos lustres. Era o mar que eu queria; o mar que, naquela manhã de domingo, deixava cair em mim, salgada gota de orvalho, a semente da partida e da travessia; o mar numeroso e todavia sincopal que inscrevia no escudo invisível de minha vida o emblema da viagem e da aventura.

Pássaros marinhos gritavam, como se quisessem, guturais, imitar as belicosas arengas humanas. Um dos navios ancorados na enseada soltou longo apito semelhante a um mugido. Na multidão, mulheres de olhos avermelhados agitavam lenços brancos; outras, em lágrimas, publicavam a sua dor.

Eu não podia compreender a razão daquele choro, se nenhuma tinta funesta enegrecia o sucesso festivo, e tudo era um gorgolejante rumor de hinos, dobradas militares e aclamações entusiásticas. De qualquer modo, aquele sofrimento espalhafatoso incomodava-me; desde criança tenho horror aos frenéticos e passionais, e prefiro as dores secas sem lágrimas. Além disso, gostaria de saber se os impacientes cavalos dos oficiais (alguns tinham vergonhosamente sujado a rua e a praça) também embarcariam. Mas a quem fazer tal pergunta? Quando a parada terminasse, recorreria a meu pai que estava ali por perto, conversando com seu Ferreira ou seu Caparica, seus colegas do armazém Lima & Silva.

Creio que a parada se dissolveu após o embarque dos soldados que, em botes, partiram para o navio, pois voltamos de bonde. O mar, antes curvo como um leque aberto, foi ficando subitamente longe. Ajoelhei-me no banco e fiquei a contemplá-lo até que ele, depois de elevar-se diante de meus olhos como os luminosos degraus de uma escadaria azul, se sumiu no ar da manhã.

USE A PASSAGEM SUBTERRÂNEA

Da esquina, dirigi-me diretamente para a amurada da praia. Era pouco mais de meio-dia, e a claridade doía-me nos olhos. Eu me sentia incomodado pelo resplandor da paisagem, que me sonegava sinais luminosos, ramos de árvores, calotas de automóveis, uma verruga no rosto lívido de um guarda-civil. No íntimo, desejava que tudo estivesse ao alcance de minha observação, para poder usufruir a totalidade do instante. Fulgindo e refulgindo, o tempo que eu ia atravessando, enquanto meus pés se moviam no asfalto da alameda, parecia negacear, desviar-se de mim como uma onda vadia no mar grande. E eu ia avançando.

Sentia achar-me do lado de fora das coisas e da vida. A ambulância passou pela outra alameda, e as crianças de um ônibus escolar começaram a imitar a sereia roufenha. Vi também o mendigo. Estava ali uma das primeiras linhagens da terra, catando alguma coisa no chão. Mas tudo isso passava por mim sem me abalar: coisas turbulentas, era como se fossem sobras de um outro mundo, que por excesso de luminosidade transbordassem na minha perspectiva.

Os bondes e automóves também compartiam daquele indesejável transbordamento. Iam cheios, e alguns dos seus passageiros, vistos de relance, dedicavam-se às tarefas mais estranhas ou provisórias: um, bem almoçado, palitava gostosamente os dentes e engolia deliciado os detritos; outro lambia um sorvete vermelho. Havia um padre, que não lia o seu breviário, pormenor que me seduziu por um momento, dando-me a impressão de estar fitando uma criatura incompleta. E havia uma camisola pendurada numa janela, o grito de um garrafeiro, o gesto da manicura que, no entreaberto salão de beleza, ia, muito lentamente, tornando uma unha amarelenta em algo cintilante como um concha marinha. Havia o mundo, com o seu grandioso aparato: drogas jaziam nos frascos das farmácias, campainhas tocavam nos apartamentos, a relva crescia sub-repticiamente nos canteiros dos jardins, uma abelha zumbia porque o dia era feito de ouro. Longe, naquela janela escancarada para uma paisagem cada vez mais pura e redonda, uma mulher levantara o braço diante do espelho e contemplava a axila rapada. Era como se eu, o momentaneamente apressado, o estrangeiro, a estivesse vendo, e ouvindo-lhe a respiração feita mais pela boca (pois em verdade ela sempre temera operar as adenóides).

Eu não avançava como um cego. Conhecia o terreno que estava pisando. Sabia que o jornaleiro da outra esquina, no momento em que lia a notícia alucinante do primeiro vespertino chegado à sua banca, imaginava que ele também *podia* ter esganado aquela mulher. Seguindo por um momento a sombra do avião achatada no morro, eu avaliava o que fluía nos arredores, captava a essência furtiva dos instantes.

Depois de ter atravessado a segunda alameda, segui pelo jardim. O sol ardia, fogueira desatada e azul. Eu agora estava sozinho, ante as duas pistas de velocidade. Os carros iam e vinham, retos, vertiginosos. Mais de uma vez, estive a atravessar a pista, mas um automóvel cada vez mais perto de mim me prendia, cauteloso, à beira do passeio. Comecei a caminhar, como se, assim procedendo, me fosse afastando dos veículos velozes. Foi quando parei diante da grade pintada de azul e de uma grande boca de cimento rasgada no chão. Li a placa. "Use a passagem subterrânea."

Bastaria descer os degraus e mergulhar naquele buraco para sair além da segunda pista, precisamente na amurada junto ao mar. Por um instante, assaltou-me a idéia louca de que, se me aprofundasse naquele túnel, não recuperaria a luz solar. Haveria de dissolver-me lá dentro, desintegrado, feito aragem. E o medo de perder-me, tornar-me leve e fluido, fez-me recuar. Não, não podia diluir-me na sombra. Mais do que nunca, eu tinha o direito de estar vivo, naquele momento.

Quase correndo, atravessei as duas pistas, desviando-me dos carros. Achava-me agora junto à amurada, respirando aceleradamente, cheio de uma feroz alegria, de um arrogante desejo de viver, como quem escapa de uma barragem de fogo.

Eu chegara onde queria. Perto do posto de parada de ônibus havia uma grade azul e uma seqüência de degraus que se iam sumindo dentro da terra. Era a outra boca da passagem subterrânea. Reli a inscrição e, de repente, estremeci, lembrando-me das tardes de domingo de minha infância, quando ia passear no cemitério e ficava a soletrar nomes de mortos nas lápides avariadas.

"Use a passagem subterrânea." Talvez eu tivesse lido aquele letreiro em algum sonho. Possivelmente, sonhara estar procurando uma passagem subterrânea que me possibilitasse alcançar o outro lado de uma pista cruzada incessantemente pelas procissões de veículos. Não a encontrara, o sonho se esvaíra dizimando minha aflição de pedestre, e ali estava a grade azul tão procurada.

Enxotei aquela fímbria de sonho. Acordado, lúcido, não precisava de nenhum resíduo da noite. Quanto era escuro e noturno se desgastava diante de mim, minuciosamente descarnado, como num almoço de peixe o denso robalo se transforma num desenho de espinhas.

Estava do lado do sol e da vida, e séculos ainda vazios juncavam meu futuro. E era simples explicar tudo isto: eu amava. Fora o amor que me fizera atravessar as alamedas, sentir o sol jorrar-me sobre a cabeça como tépida chuva de diamantes, deliciar-me com uma furtiva aragem sob a copa das amendoeiras, mirar o trapo que o mendigo acrescentava ao seu pecúlio. Eu estava amando. E, além de amar, eu viera para a amurada a fim de encontrar-me com ela. A claridade do sol varria a calçada larga, cujos ladrilhos imitavam o sinuoso das ondas. Virei-me para o lado do mar. O bonde aéreo avançava, lentamente, em direção ao morro escarpado. Tive a idéia de ir passar uma tarde com ela entre os arvoredos daquele morro. Muitos dos que se amavam faziam assim, procuravam solidões e verduras e pedras e paisagens vertiginosas.

Ao voltar-me para o lado das alamedas, estava certo de que ela se encaminhava ao meu encontro. Realmente, ela se aproximava, e parecia vir nadando no ar fulgente, que tudo era fundo de mar, com o seu arvoredo submerso.

E ela nadava, nadava, nadava. Ou então vinha dançando, cheia de uma distante e casta voluptuosidade. Por mais estranho que parecesse, não havia carros nas pistas. Ela podia atravessá-las sem alterar a harmonia dos seus movimentos.

Quando ela chegou perto de mim, estendi-lhe mudamente ambas as mãos. Ficamos parados, olhando um para o outro. Eu sabia o que lhe custara aquele encontro: a astúcia, as artimanhas, os fingimentos, a discrição, o medo contido. E meu desejo era gritar, bem alto, o seu nome, mas para que só ela o ouvisse; era chamá-la, solenemente, embora ela estivesse tão perto de mim, com o seu rosto meigo e enigmático.

Os carros continuavam passando. Com o olhar ela mediu a paisagem e tornou-se mais viva, em mim, a sensação de que ambos habitávamos, com a nossa presença, um imenso espaço vazio de humanos. Todos passavam, nos veículos velozes. Somente nós ficávamos ali, porque somente nós estávamos amando na imensa cidade medusada pela pressa e lambida pela fuligem.

Ela não disse nada, mas adivinhei em seus olhos o temor de ser reconhecida por um daqueles passageiros dos ônibus ou carros. Ninguém deveria ver-nos juntos. Decerto, o sol nos diluía e transfigurava, tornando-nos irreconhecíveis a pequena distância, mas nenhuma cautela seria excessiva para protegê-la.

Para onde ir? Era imperioso que nos distanciássemos o mais possível dos outros, consumíssemos a tarde numa redoma de solidão e sigilo.

Foi nesse momento em que, em silêncio, tecíamos o tapete dos idílios, que nossos olhos se fixaram na placa e nas finas letras azuis.

"Use a passagem subterrânea." Lembrei-me de várias ocasiões em que a esperara ali mesmo, perto da grade azul. E agora zumbia dentro de mim, como uma colméia de certezas alegres, a convicção de que ninguém, absolutamente ninguém, usava a passagem subterrânea. Todos, os preguiçosos ou os açodados, atravessavam a pistas cruzando o asfalto reluzente. E a explicação era simples, matemática: ninguém usava a passagem subterrânea porque ninguém amava.

Nossos olhares se encontraram — mas não um com o outro, e sim nas letras azuis. Como peixes lentos, que vão evoluindo quase imperceptivelmente nas águas do redondo aquário, fomos descendo os degraus. Éramos como certos namorados de cidadezinhas do interior, que sobem piedosamente os degraus da igreja na colina, e encontram lá em cima uma solidão mofenta e cúmplice.

Descidos os degraus, fomos andando pela passagem subterrânea. Nossos passos nem ressoavam, como se os mosaicos não estivessem habituados aos sonoros pés das criaturas.

"Use a passagem subterrânea." O letreiro cantava dentro de mim, cantava dentro de nós, era magia. E a gentil advertência municipal se tornava ambígua, e seu sentido mudava, entre dois passos amorosos, em confidência. O munícipe cauto poderia perfeitamente cruzar a passagem subterrânea, gastando apenas alguns segundos entre as duas bocas de cimento. Mas nós não tínhamos pressa, nem buscávamos convívio, nem queríamos os curiosos olhares alheios sobre nós. Pertencíamos à prosápia dos lentos, nossos gestos poderiam durar horas.

"Use a passagem subterrânea." As abelhas cantavam, no ouro da tarde imensa. Então, paramos um diante do outro. Ela sorria, o rosto meio inclinado, quase expectante. Uma aragem miúda entrava pela boca do túnel, trazendo o mar filtrado e a fumaça urbana. Era tudo o que restava do mundo: um aroma que fundia o alcatrão com a maresia das ilhas. Tirante isto — um universo de luzentes ladrilhos. E, dentro dele, estávamos nós, os que se amavam. Pois esta era a verdade: nós nos amávamos. Bichos instantâneos, sem biografia, desligados de tudo, desmemoriados, ali estávamos, dóceis e lentos munícipes. Ninguém viria molestar-nos. O mundo transfluía, em grito e suor, em estridor e saliva, mas longe dos ladrilhos que nem sequer refletiam nossas figuras anônimas e amorosas.

Lembrei-me do mendigo que recolhia um trapo jogado ao chão. Agora, estávamos ali, e guardávamos também um tesouro perdido e reencontrado. Sozinhos, cavávamos a miraculosa jazida do mundo, colhíamos o dourado fruto da terra. Nadadores, íamos até o jardim de coral, na tarde de água.

Éramos os que se amavam, os efêmeros desertores do fuliginoso engano da vida. Por isso estávamos ali, mudos e vagarosos, usando a passagem subterrânea.

OS OCIOSOS

Aprendi a vê-los desde a infância, quando descia a rua do Comércio. Vestidos quase todos de um branco que o tempo, velho pintor, foi tornando imaculado, eles estavam parados nas calçadas das lojas de ferragens e miudezas, dos bares e sapatarias. Sozinhos, pareciam estátuas pensativas, ocupadas por uma idéia grandiosa ou um tédio infinito. Aos grupos, conversavam, riam, gesticulavam, acendiam cigarros, acompanhavam com o olhar a aparição de um passante dotado do privilégio de atrair as suas atenções. Eram os ociosos. Não trabalhavam, ou porque não houvesse empregos para eles, na pequena cidade desprovida de mercado para tão grandes capacidades mentais, ou porque, desprezando o mundo suarento e negocioso, tivessem desde a meninice assumido o compromisso íntimo de jamais ser ultrajados pela aceitação de uma tarefa.

Em casa, eu recolhia algumas informações sobre essas criaturas colocadas, anos a fio, acima do horizonte morno da cidade entregue às fainas monótonas. Eram histórias de montepios maternos habilidosamente sugados; de irmãs que tinham ficado no caritó e levavam o dia trabalhando de costureiras; de velhas empregadas que se aplicavam em passar a ferro os ternos de linho condenados à perfeição dos vincos impecáveis. Alguns deles se haviam formado em Direito, no Recife, mas ninguém na cidade ousaria ofendê-los, propondo-lhes uma causa. Ou o diploma de bacharel pertencia ao elenco das versões lendárias que os rodeavam. Como admitir que eles tivessem passado anos estudando, e viajando nos trens da Great Western, se o estudo e as viagens, e mesmo a moradia nas pensões recifenses eram trabalhos? Também se dizia de alguns que possuíam empregos públicos, mas nenhuma revolução teria o poder de obrigá-los a permanecer nas repartições.

O certo é que, da manhã à noite, eles eram vistos na rua do Comércio. Misteriosos deslocamentos os transferiam da porta do Bar Elegante e das proximidades da relojoaria de Olívio Lordsleem para o Relógio Oficial ou o começo da rua do Livramento, em frente ao boteco onde o italiano Zanotti vendia uns refrescos misteriosos, feitos de licores escarlates, azuis e esverdeados, e gelo ralado. O que conversavam? O que diziam? O que sonhavam, através de gestos e palavras? Eram as perguntas que eu fazia entre mim. E, em muitas ocasiões, tentava aproximar-me do grupo, movido pela ambição assombrosa de captar alguma frase; mas, no momento preciso em que me acercava do grupo, eles silenciavam, como se não necessitassem mais de palavras para continuar no sonho aquecido pelo sol. Então um deles se descartava do conjunto e escalava a cadeira do Gonguila, o engraxate que era um dos expoentes do clube carnavalesco Os Cavaleiros do Monte. A retirada, provocando um desequilíbrio, suscitava a debandada geral, recomposta horas depois.

Desde a infância a minha vida tem sido só trabalho e atenção, interrogação e curiosidade. Às vezes, quando me suponho no umbral do descanso, vem uma palavra e me persegue, igual à matilha de cães porfiados em agarrar a caça astuta ou aterrorizada. Estou sempre ocupado, mesmo quando durmo (e o inconsciente gera o sonho do poema ou o pesadelo da prosa). Operário de mim mesmo, condenado a carregar pedras para o palácio imaginário que qualquer brisa destrói, ainda hoje recordo com inveja aqueles seres que nada faziam, aquelas criaturas em perpétua disponibilidade, cujos dedos langorosos jamais foram agravados pelo incômodo de um calo ou uma mancha de tinta. Talvez o tempo, que substituiu as velhas casas baixas e goteirentas por edifícios horrendos, e fez as pedras da rua desaparecerem sob camadas de asfalto, os tenha abolido. Mas estou certo de que, por maior que seja o seu poder, o fluir dos anos não terá forças para conspurcar o branco de seus imaculados ternos de linho e o vinco impecável de suas calças — talvez nem mesmo o brilho de seus sapatos diariamente engraxados. De novo menino, e forcejando ainda por me apropriar de uma das migalhas das frases daqueles mestres na difícil arte de viver, aprendo que o tempo nada pode contra a memória criadora.

Carregando a pasta gorda de processos, meu pai os apontava à minha execração infantil:

— Olhe estes vagabundos, que nunca trabalharam.

Eu fingia reprová-los. Mas, atrás do meu olhar de menino, tudo era radiosa admiração por aqueles homens que tinham feito da vida um deleite infindável. Para eles a morte, não significando a recompensa do descanso, nada significava. E talvez por isso eles cravavam um olhar desdenhoso nos enterros e se faziam de surdos quando um sino dobrava a defunto. Alguns deles, que usavam chapéus panamá, nem sequer se davam ao trabalho de tirá-los à passagem dos cortejos fúnebres.

PAPANASTÁSSIO

Ele vinha distraído, pela estreita rua que durante o dia inteiro canalizava um barulhento e colorido rio humano, quando viu Papanastássio. Estremeceu. Bastou o fragmento de um segundo, talvez menos, para se compenetrar do que significava aquela súbita e inesperada aparição, na rua transbordante de gente que ia e vinha, gesticulava, examinava fazendas à beira das calçadas, aproveitando as últimas claridades do dia, parava para comprar bilhetes de loteria ou ler rótulos de perfumes. Era Papanastássio, gordo e sardento, com o seu nariz de papagaio, o suor que lhe empapava a camisa, a roupa de linho branco amassada e possivelmente suja, e sobraçando uma pasta marrom. Durante um instante, Murtinho desviou o pensamento da repentina e ameaçadora presença de Papanastássio e refletiu sobre a extraordinária quantidade de bolsas usadas pelos transeuntes. Invariavelmente, todas as mulheres carregavam bolsas, onde guardariam ruge, pó-de-arroz, retratos, batom, as inconcebíveis miudezas que mesmo as velhas e feias trazem quando saem de casa. E muitos homens também sobraçavam bolsas. Deste pensamento, Murtinho saltou para outro, lembrando-se de seu concunhado, que sempre saía de pasta. Representava um laboratório farmacêutico e passava a existência percorrendo consultórios médicos. No entanto, depressa as amostras e as unhas brunidas de seu concunhado sumiram-lhe da mente. Perto dele, estava Papanastássio, e era realmente um milagre que seus olhos azuis, que se fixavam avidamente sobre as pessoas, não o houvessem visto. Talvez tivessem transcorrido apenas alguns segundos entre o inopinado surgimento de Papanastássio e suas reflexões sobre o que se guarda nas bolsas e a operação que consiste em tirar do fundo de uma pasta e exibir a um médico de avental o novo produto para as crises agudas de asma ou cólicas hepáticas. Um cego, de óculos azuis e roupa de brim verde que lhe dava o ar quase heróico de sobra de alguma guerra formidanda, gritava um número de loteria. Havia certa correlação entre o aparecimento de Papanastássio e aquela gritada promessa de fortuna e felicidade, mas Murtinho não teve tempo de entendê-la. Era Papanastássio, que surgia de repente, na multidão, como na crista de uma onda. Murtinho vinha despreocupadamente, igual a um sonâmbulo arrastado por uma multidão de sonâmbulos. Um minuto antes, parara diante de uma vitrina onde estavam expostas camisolas de *nylon*. Bastara-lhe descer o olhar sobre a fazenda rósea e tênue para que lhe voltasse ao espírito a falhada viagem a Belo Horizonte. Prometera a Beatriz que iriam de trem, à noite; ele a imaginava, na estreita cabina, terna e langorosa, numa camisola de *nylon* e procurando enxergar, pela janela, alguns sinais da noite empoeirada. Murtinho recapitulou, num átimo, os começos daquela aventura. Ficavam os dois sozinhos, até noite fechada, no escritório, cuidando da propaganda dos discos. Até que um dia ele fechou a porta à chave. Ela, meiga e muda, aceitou-o como se já estivesse à espera de seus gestos desatinados. Quando foi levá-la até o ponto de ônibus da Candelária (ela morava em Vaz Lobo, numa rua horrível, com um irmão que se convertera às Testemunhas de Jeová e fora batizado na Ilha do Governador), contara-lhe quem tinha sido o primeiro: um namorado, que era gago e estudava Farmácia. Depois disso, um rapaz que trabalhava na Petrobrás chegara a falar-lhe em casamento. Pensou, pensou, e terminou não querendo — filho único, ele casava mas trazia a mãe. Estavam ambos na fila do ônibus. Este veio, iluminado e fumacento, levou-a — ele tentou beijá-la na testa mas não o conseguiu. De dentro do veículo, ela ainda acenou com a mão, um sorriso triste repuxava-lhe a boca. E assim começara tudo. Os idílios eram sempre à noite, no escritório, misturavam-se ao trabalho de escrever textos para as contracapas dos discos. Às vezes, iam jantar num restaurante do centro da cidade (ela nascera em Angra dos Reis e gostava muito de peixe) ou ao cinema. Murtinho deixava-a sempre na Candelária — de Vaz Lobo só sabia que era muito longe, ela gastava mais de meia hora de ônibus. E voltava para casa nem triste nem alegre. De qualquer modo, a vida era uma coisa monstruosamente monótona, e Beatriz enchia alguns de seus vazios. Em casa, Dulce suspirava: o marido trabalhava até tarde da noite, mas o armazém não fora pago, as crianças precisavam de sapatos, a conta da farmácia já voltara duas vezes. Murtinho atacava o governo. Era a inflação. Que lhe adiantava trabalhar como um burro? O dinheiro não dava para nada, a vida era um osso duro de roer. Estirado na cama, os olhos abertos no escuro, continuava a ouvir as queixas da mulher. E era assim que dormia. Dulce não desconfiava de nada. Não tinha telefone em casa, embora havia três anos estivesse inscrito na Telefônica. Em certas ocasiões, achava isto bom. Para os casos urgentes, bastava telefonar da farmácia ou do botequim; e nenhuma voz maliciosa ou anônima diria à sua mulher que o vira saindo do cinema com uma dona. Mas tudo isso se desfazia. Murtinho ouvia agora uma música. Era uma fusão estridente de saxes, pistons e trombrones amparados pelo sacolejante ritmo de um baterista espalhafatoso. A densidade daquele instante, que se lhe afigurava algo opaco e duro como um caroço, voltava a cercá-lo. Ele estava a pouco passos de Papanastássio, era realmente inacreditável que este não o tivesse visto. O fato de Murtinho ser bem mais baixo do que ele nada significava. Papanastássio estava habituado a ver e descobrir as coisas mais escondidas e diminutas: uma ranhura infinitesimal numa turmalina, o mais esquivo defeito de uma pérola. Seus olhos frios se tinham habituado, desde a infância, a enxergar o que passa despercebido aos outros homens. Naquele dia em que comprara o colar de pérolas para Beatriz, ele lhe contara que desde menino se acostumara a ver e avaliar jóias. O pai era dono de uma joalheria em Creta, ou em Atenas, ou na Cefalônia. Insinuara-lhe que ele deveria comprar um anel de brilhantes, o valor era mais permanente. Mas Murtinho sabia que Beatriz desejava um colar de pérolas; dias antes, no cinema, ela lhe apertara o braço no momento em que Ingrid Bergman aparecia com um. E assim se fizera o negócio. Ele dera a entrada, recebera um cartãozinho, pusera no bolso o estojo embrulhado em papel almaço. E agora acontecia que Papanastássio, com o seu olhar apurado por um ofício sensível aos pormenores mais recônditos, não o via na multidão. Era um acaso, absurdo e inexplicável como todos os acasos. Murtinho sabia que, na cidade, uma das pessoas que Papanastássio mais gostaria de encontrar era precisamente ele, que só pagara três das quinze prestações do colar, e de tal modo se fora esquivando e se escondendo e se desculpando e adiando e prometendo sem cumprir, que terminara, decerto, cansando o grego. Evidentemente, Papanastássio possuía centenas de fregueses, antigos, novos, fiéis, relapsos, e sua freguesia crescia dia a dia, portentosa, através de recomendações e contatos. Seus dias deveriam ser curtos para vender tantos colares de pérolas, tantos anéis e broches e placas e brincos. Murtinho chegou a admitir que Papanastássio o vira e fingira não enxergá-lo, para feri-lo com o seu desprezo, ou porque, aguardado num vasto salão refrigerado onde um banqueiro o esperava para um negócio de vulto, não dispunha de tempo para gastar com um devedor desacreditado, um fichinha qualquer. Ou então, com centenas de fregueses, tendo-o visto poucas vezes, ele se esquecera de sua fisionomia, não o reconhecendo entre os transeuntes. De qualquer forma, algo houvera que o poupara ao olhar ou à desagradável interpelação de Papanastássio. Apenas alguns passos os separavam, e ambos iam passar um rente ao outro, talvez a manga do paletó branco de Papanastássio roçasse pela sua (fazia um calor espantoso, mesmo naquele fim de tarde, ele não deveria ter saído de casimira). E ambos haveriam de se cruzar como se se desconhecessem. Murtinho se considerava antecipadamente salvo. Papanastássio não o vira no momento exato em que deveria enxergá-lo, agora só noutro encontro. E, na enorme cidade formigante e estridente, imenso esgoto dos destinos, anos se passariam antes que Papanastássio e ele voltassem a roçar-se numa rua apinhada. E não haveria nenhuma possibilidade de Papanastássio perder uma tarde de sua vida para ir procurá-lo em seu emprego na avenida Brasil. Além do mais, ignorava que, ao anoitecer, ele tinha aquela ocupação na fábrica de discos. Pelo telefone, era impossível agarrá-lo — através da telefonista, filtrava os chamados incômodos. Sim, aquela ocasião era a única no mundo, jamais tornaria a repetir-se: de um lado ele, temeroso, esperando que passassem para sempre as infinitesimais frações de minuto, e do outro o imponente Papanastássio, com a sua bolsa marrom carregada de brilhantes, anéis de platina, brincos, pulseiras de pérolas, colares. O que ele sempre temera estava acontecendo. Mas também estava acontecendo o que ele nunca esperara: na fatalidade do encontro, a fortuna de não ter sido visto pelo suarento Papanastássio. Murtinho ouviu de novo a música teimosa. Não era mais *jazz*. Agora, eram violinos e harpas, numa valsa. Tornou a pensar na camisola de *nylon*, vista alguns segundos antes. A vida era uma coisa imensamente suja e viscosa, refletiu. A valsa evocava domingos, florestas, cascatas, coisas juvenis e vaporosas, instantes puros e fúlgidos. Mas, e as jóias de Papanastássio? Nada era mais puro e resplendente do que um colar de pérolas, principalmente à noite, quando a luz e a escuridão fundidas realçavam a pálida alvura das contas exatas e perfeitas. De repente, Murtinho não ouviu mais a valsa, ou se esqueceu de que escorriam no ar crivado de vozes e ruídos as notas brandas que o transportavam para bem longe. Diante de seus olhos, não havia apenas a presença próxima de Papanastássio. Na realidade, ele estava dominando toda a rua. Talvez em sua súbita percepção se acumulassem observações e pormenores de outras ocasiões. Mas o certo era que ele a via numa perspectiva total: ao fundo, a Escola de Engenharia, com alguns estudantes descendo os degraus de pedra e ouvindo o toque solitário de um sino na igreja ao lado; massas compactas de automóveis estacionados e, junto a um conversível verde, um velho manco, possivelmente olheiro; homens saindo do cafezinho-em-pé da esquina, alguns cuspindo no meio-fio; uma criança chorando, reclamando um dos doces da confeitaria, casas de fazendas, tabuletas, uma papelaria, uma loja de louças; o sinal estava aberto na esquia da outra rua, e a multidão apressada ia e vinha, na pressa crepuscular; um homem de polainas e colete cinza entrara na loja de flores, encomendara orquídeas, escrevia num cartão; outro homem irrompera na tabacaria e se curvara sobre o mostruário das piteiras; três mulheres postavam-se diante de um vidro de loção, na loja contígua; e na livraria iluminada por uma luz lívida, um rapazinho tentava olhar para a ilustração licenciosa de um álbum sem que os caixeiros o vissem. Todas essas minúncias da rua ruidosa e ensombrecida foram recolhidas simultaneamente por Murtinho. E, ao mesmo tempo que seu olhar media a rua desde a fachada cinzenta da Escola de Engenharia até o pedaço da gola do paletó de Papanastássio, entrava-lhe pelos ouvidos o pregão roufenho do vendedor de bilhetes de loteria: "Quem nasceu em 1917?" A multidão continuava passando, cambiante e sonâmbula, com sua pressa, seus gestos, a salivação de suas bocas, seus pensamentos sublimes e ignóbeis, e Murtinho se sentia integrado na unanimidade daquele ininterrupto fluir de gente, que deveria conter tudo, desde joelhos que minutos antes se tinham dobrado diante de um altar a um lento piolho na gaforinha do mendigo que se detivera junto à joalheria. Enquanto o olhar de Murtinho não se desviava da descomunal mancha branca denunciadora de Papanastássio, outros figurantes da rua iam andando. Em cada um dos rostos, o anonimato fulgurava, como um emblema ou uma santidade. Sem esquecer a proximidde de Papanastássio, Murtinho quis divertir-se, imaginando o ofício dos passantes. Entre os que iam e vinham, carregando embrulhos, pastas e jornais amassados, não seria impossível descobrir o oficial de Marinha aposentado, a viúva recente que todas as noites sonhava com o marido ressonando ao seu lado, a balconista cheia de varizes, os burocratas a caminho do bonde e da morte. As criaturas desfilavam, com as suas doenças e preocupações, segredos e angústias; iam-se, e ele ficava ali, a poucos passos do gordo Papanastássio que, à luz do anoitecer, parecia tornar-se monumental, ganhar uma densidade de estátua, virar um colosso. O mendigo continuava mirando as jóias com olhos remelentos e empapuçados. Murtinho recordava-se de que Beatriz lhe contara que o namorado, quando a levava para o terreno baldio, perdia a gagueira, tornava-se expedito e fluente. Voltando a fixar-se sobre seu próprio instante, Murtinho se surpreendia ao observar que o mendigo desaparecera. Talvez o tivesse visto noutra ocasião. Agora, o espaço diante da vitrina da joalheria era ocupado por uma mulher magra, de sapatos cambaios, e que segurava uma sacola de compras, cheia de pequenos embrulhos de várias cores. Podia jurar que aquela mulher jamais poderia conseguir uma das jóias expostas na vitrina. Contudo, antes de tomar o bonde que a levaria para sua casa de subúrbio, para o filho atacado de asma e o marido eternamente cansado que aos domingos ia para o futebol e a largava sozinha e desmazelada, ela parava diante das vitrinas, via jóias, camisolas vaporosas, bolsas de alto preço, perfumes e artigos de beleza — via tudo aquilo e continuava andando, como uma coisa muda e maciça dentro da tarde infinita. A vida era terrivelmente monótona, pensava Murtinho, enquanto o assaltava a certeza de que Papanastássio usava sapatos pretos, que engraxara alguns dias antes. Durante anos ele, Murtinho, continuaria chegando tarde em casa, ouvindo as queixas da mulher, mal vendo os filhos. Todavia, para que a vida tivesse sentido e não fosse um jogo desagradável e absurdo, era preciso que algo acontecesse, que as paliçadas do tédio que o cercavam caíssem e lhe revelassem um novo horizonte. Para que a vida valesse a pena e significasse alguma coisa, tornava-se imperioso que algo qualquer acontecesse. Mas viver é esperar o que não acontece, refletia. Nem mesmo Papanastássio o descobria, embora estivessem a poucos passos um do outro. Nada acontecia na vida, nem sequer uma desagradável cena de cobrança na rua por onde as pessoas transitavam como animais de corte. Pagar, cobrar, gemer, cuspir, coçar-se, arrotar... Murtinho ia enumerando alguns dos atos de sua vida, da existência de todos os homens. Incomodado por esse pequeno ritual humilhante, ele se compenetrava de que tinha razão, ao manter o seu romance com Beatriz. Também ele, ameaçado pela proximidade de Papanastássio, tinha direito a um palmo de alegria. A lembrança de que

Beatriz o esperava, no escritório da fábrica de discos, consolava-o. Quando os outros empregados fossem embora e ficassem sozinhos, fecharia a porta por dentro. E se esqueceria da insuportável monotonia de sua vida. No lugar do cego que vendia bilhetes de loteria, havia um mutilado, que, como uma jocosa figura de circo, seguia os passantes, equilibrando-se fantasticamente numa envernizada muleta amarela. Um colegial assobiava, decerto queria captar o ritmo da música da casa de discos. E um dos caixeiros da loja de fazendas se aproximava da rua, cravando o olhar seco e brilhante na mulher vestida de roxo que, na outra calçada, parecia estar esperando alguém. E também Murtinho esperava que Papanastássio baixasse um pouco o olhar e o descobrisse — como se ele fosse uma ranhura numa esmeralda ou uma mancha numa pérola. Mas Papanastássio, impávido e olímpico, embora suarento e apressado, não o descobria. Um misto de alívio e humilhação invadira a consciência desnorteada de Murtinho. A altanaria de Papanastássio incomodava-o, chegava a conter algo de insultante. Sim, porque ele, Murtinho, era um homem. Não era um rato num esgoto, nem um piolho numa carapinha, nem uma barata numa vala. Era um homem. De repente, assaltou-o um desejo louco de avançar para Papanastássio e estender-lhe altivamente a mão, cumprimentá-lo com um ar entre cínico e divertido, confundi-lo com a sua surpreendente cortesia. Mas esse alucinado rompante logo se encolheu: Papanastássio poderia fingir não reconhecê-lo, ou sinceramente não se lembrar dele. Também poderia ocorrer que Papanastássio não fosse bom fisionomista. Cada hipótese aflorada trazia uma réplica, obrigando Murtinho a idealizar um fatigante catálogo de perplexidade. Papanastássio orgulhoso, esquecido, desmemoriado, até mesmo um Papanastássio tímido que, fora do escritório ou longe do telefone, não se atrevia a abordar nenhum devedor relapso, todas as probabilidades nasciam da confundida reflexão de Murtinho. E uma o pungia — era a que o relegava a um plano inferior, levando-o a admitir que mesmo Papanastássio, um nojento verme da ilha de Creta, desprezava-o, fingia não vê-lo, preferia perder dezoito mil cruzeiros a cumprimentá-lo. Não, não queria ser desprezado! Preferia que Papanastássio o abordasse no meio da rua e o interpelasse asperamente, e que os passantes atônitos o vissem ser agarrado, ali, pelo credor indignado. Ele escolhia ser protagonista de uma cena grotesca de dívida cobrada no meio da rua àquela desdenhosa e ignóbil atitude de Papanastássio que, apesar de toda a sua soberba, não passava de um nauseante piolho da ilha de Creta. Não, ele, Murtinho, queria ser enxergado. Não era admissível que Papanastássio fingisse não vê-lo. Naquele dia em que fora comprar o colar de pérolas, Papanastássio o acompanhara ao elevador. Enquanto esperavam que o carro subisse, uma barata viera do fundo do corredor e se aproximara deles. Papanastássio fixara nela os seus olhos glaciais e, levantando o pé direito, a esmagara implacavelmente com o bico do seu sapato preto, tão brilhante que ele deveria tê-lo mandado engraxar naquele dia. Papanastássio enxergava até as baratas, e até as matava. Não era justo que fingisse não enxergá-lo, a ele, Murtinho, desorientada barata humana que viera pelo estreito corredor daquela rua crepuscular. De todo o coração, Murtinho desejava que aquele minuto em que ele e Papanastássio estavam quase a defrontar-se se esvaziasse de sua suplicante eternidade, permitindo-lhe alcançar o escritório da fábrica de discos e ficar sozinho com Beatriz. Na sala fechada, ele seria de novo um homem, apressado e impávido, e as mãos de Beatriz tocariam em sua carne como se seus joelhos fossem os de um deus. Entre dois movimentos de sua marcha na rua compacta, Papanastássio não o descobria e fixava. Talvez estivesse com o pensamento longe, evocando aquele cinzento entardecer cretense em que seu pai lhe dera a primeira e inesquecível lição sobre pérolas. Mas isto era uma hipótese impossível, sabia-o bem Murtinho, pois Papanastássio, sobraçando a pasta onde havia mais pérolas do que o sonho de muitas vidas, não tinha mais infância nem lembrança de um mar puro e azul nos dias idos. Era um homem que vendia jóias e recebia dinheiro, e assim eternamente — enquanto durasse a eternidade. Voltaram à memória de Murtinho as últimas frases de Papanastássio quando, tendo acabado de matar a barata, aludira à conveniência de um dia exato para o pagamento das prestações. Proclamara-se cheio de compromissos, queixara-se da oscilante cotação do dólar. A Murtinho, jamais tinha ocorrido a ligação entre uma jóia e as variações do câmbio. Ao descer o elevador, fizera um gesto peremptório, como a assegurar a Papanastássio que seria o mais correto dos credores. "Dia vinte e sete!", exclamara. E o elevador começara a descer, e ele se encontrara na avenida iluminada por um espantoso colar de luzes, e fora caminhando em direção ao escritório da fábrica de discos, sentindo tudo estranho e fluorescente e melodioso, enquanto os arranha-céus despejavam nas calçadas os últimos sobejos do dia caduco. Papanastássio dissera-lhe que odiava as baratas, os ratos, as pulgas e os piolhos. E, num tom de confidência, acrescentara que nada é mais belo do que um anel de brilhantes. Mesmo as pérolas, com o seu valor discutível (fosse à seção de penhores da Caixa Econômica e visse!), não tinham a límpida e serena e inconspurcável beleza de um solitário. O que o homem pode fazer de mais perfeito no mundo é uma jóia. E, como se fosse um mágico, tirara do bolso uma lente e o convidara a apreciar a lapidação de um diamante que, encravado num anel de platina, fulgia como um sol. Mas Beatriz não gostava de anéis! Queria um colar de pérolas, por isso ele, Murtinho, caminhava majestosamente no meio da noite acabada de irromper. "Quem nasceu em 1914?" era outro vendedor de bilhetes. O coxo que, na praça longe, guardava automóveis sumira-se entre os carros. O caixeiro não cravava mais na mulher de roxo seu olhar onde o desejo luzia como um diamante imperfeito; agora, era para uma mocinha de azul que se voltava a magra solidão de sua carne; e seus dedos agrarravam-se aflitos aos frouxos suspensórios marrons. E não havia mais música. A rua estava silenciosa; mudas todas as bocas. Nesse silêncio admirável, Murtinho sentia que já se passara quase um minuto desde que vira Papanastássio a poucos passos. E, agora, acontecia o imprevisível. As pessoas que circulavam entre ambos tinham desaparecido. Ele e Papanastássio estavam sozinhos, na rua espantosamente vazia. Ele, Murtinho, o jovem deus em cujos límpidos joelhos Beatriz descansava a cabeça, enxotando a sua amargura de moça que morava em Vaz Lobo, era uma barata, a mover-se chatamente no corredor escuro. Papanastássio, que só tolerava a perfeição, levantara o pé e ia esmagá-lo com o bico de seu sapato preto. No mundo onde nada acontece e as criaturas agonizam de tédio, algo estava acontecendo. O perfeito homem da ilha de Creta, que só se comovia ao contemplar, através de uma lente, a beleza extrema de um diamante, ia pisá-lo com a sola de seu sapato. Entre dois segundos de seu tempo infinito, pensou que ia ser esmigalhado. Mas não foi isto o que aconteceu. Balanceou a cabeça, fustigou a alucinação que durara o espaço de um relâmpago. Ele não era uma barata. Era um homem, com dois joelhos. Na rua de novo cheia de gente, luzes e rumores, ele e Papanastássio estavam a alguns passos um do outro. Entretanto, Papanastássio não o viu, ou fingiu não vê-lo. Suarento, a roupa de linho branco amarfanhada pela agitação do dia, a mão segurando a bolsa cheia de jóias, a gravata torta, a camisa manchada de suor, Papanastássio deu outro passo, quase roçando na manga do paletó de Murtinho, continuou andando e, soberbo, sumiu no fundo da rua que, ao crepúsculo, resplandecia como um colossal bloco de diamante.

DOMINGO LONGO

A noite ia cair quando eles tomaram o ônibus. Mas ainda não havia sombras na cidade. Um sol escondido mantinha-a luminosa. As primeiras luzes surgiam, no alto dos edifícios, e as paredes de vidro dos arranha-céus davam ao vagaroso anoitecer um ar tumultuoso e fantástico.

Ambos tiveram a sensação de que, apesar da permanência de uma semana, a cidade não lhes entregara o seu segredo. Agora, eles a viam como na hora da chegada — um labirinto de vidro e cimento, uma cordilheira de janelas. Com os viadutos cruzando o formigal do vale reverberante, o bulício inveterado da gentana, o rodízio dos anúncios luminosos, São Paulo seria sempre uma cidade um pouco estranha. Marido e mulher espiavam, defronte, o homem que lanchava no restaurante automático, acompanhavam o ir e vir do pomo-de-adão a cada movimento da garganta que engolia sofregamente as fatias de fiambre, e sentiam, de maneira confusa mas idêntica, que voltavam como tinham vindo: estrangeiros.

Durante sete dias, tinham sido comparsas do fluir babilônico. No cinema, na rua, no ponto de ônibus, no balcão da loja, iam e vinham, na atmosfera juncada de estridores e cheiros, músicas e fumaça. E varavam um dia feito de barulhos e gestos, encontravam de repente uma árvore solitária e cinzenta no meio de uma praça qualquer, ou topavam com a porta aberta de uma igreja vazia mas iluminada. Milhares de pessoas tomavam café, bebiam aperitivos, carregavam bolsas, discutiam, falavam sozinhas, negociavam. Era a grande cidade, maciça, borbulhante, sonora, zumbindo majestosamente sob o céu azul; era uma grande fábrica que fiava os seus rumores no dia numeroso. Marido e mulher tinham caminhado até o suspiro e o cansaço. Iam e vinham, andarengos, parando diante da vitrina onde cintilavam, supremos artefatos, as jóias mais caprichosas, e sentindo-se de súbito imensamente pobres. O hotel com a entrada cheia de malas, de hóspedes chegando e saindo e de *grooms* apressados, tornara-se, na avenida ruidosa, o grande ponto de referência de suas idas e vindas. "Estamos longe do hotel", ela dizia. "Estamos perto do hotel", ele arriscava. E saíam, solitários, perdiam-se no colossal naipe ambulante, integravam-se na procissão consagrada a tantos deuses: o pão, o negócio, o ócio, o dinheiro. Descobriam, de repente, que uma grande cidade é a soma desordenada de inumeráveis solidões. Estavam sozinhos, envolvidos pela ondulante música de um rádio ligado alto, perserguidos pelo vozerio dos jornaleiros. Mas os que fluíam e refluíam, vindos das praças ocultas, cruzando as calçadas, estacando diante dos sinais de trânsito, sumindo-se nos becos, também eram solitários. A meia desfiada da moça que ia gingante, o assobio do rapazinho que passava de bicicleta levando uma cesta de rosas, a pertinácia do homem míope e gordanchudo em conferir um bilhete de loteria — cada criatura brotava, como uma garatuja, da maré anônima, e exibia o pormenor desolado de sua solidão.

Marido e mulher paravam em face do cartaz do cinema. A cidade não lhes entregava uma topografia meiga — talvez só se rendesse aos que a conheciam desde a infância. A atmosfera formigante e enigmática não permitia a criaturas de passagem o domínio da hora e do lugar. Eles iam aos museus, aos parques, aos bares, ou sentavam-se num banco de praça e ficavam momentaneamente separados do fluxo interminável da multidão. "Podemos ir amanhã ver as cobras do Butantã". Vinha o crepúsculo, e a cidade, sonora babilônia envidraçada, tornava-se mais vertiginosa ainda. Era a hora da volta. Os ônibus adquiriam um aspecto feérico, os passantes mudavam todos de cor, percorridos pelas tintas da noite. Até do céu vinham rumores; ambulantes luzes vermelhas denunciavam os aviões rondando o aeroporto.

O hotel era nem longe nem perto — a meio caminho de tudo, na noite crescente. Assim, eles não tinham o problema da volta. Haveriam de jantar num restaurante qualquer, turco, árabe, italiano. Deliciava-os a perspectiva de tantos caminhos, a súmula de imigrações que terminavam num tempero exótico, entre um talher e um guardanapo. Algo arlequinal espreitava-os, seguia-lhes os passos, envolvia-os com o seu halo de reflexão e dança no momento em que ambos sorriam no ajuntamento de curiosos diante da loja de música ou se voltavam para ver o grande carro negro que transportava, soturna e maciamente, o multimilionário.

No Rio, tinham ficado as crianças, as contas por pagar, os cuidados, a boca miúda da vida. Os viajantes trazem poucas bagagens; eles sentiam-se leves, com esse pouco de tudo que os confinava num quarto de hotel e lhes permitia sorrisos e enlaces a horas desusadas. Era como se estivessem separados dos outros. A ninguém conheciam, ali, que justificasse uma visita. Por isso, não tinham ido a nenhuma casa, exceto aos locais dos turistas e viajantes. As próprias compras (um disco, um jarro, uma saia talvez demasiadamente vistosa em suas cores festivas, um binóculo, um pulôver para uma desejada manhã de frio) traziam o selo dessas horas feriadas, desse domingo longo cavado na própria substância da barulhenta atividade alheia.

Chegou o dia da volta. A noite ia cair quando tomaram o ônibus. Ela contou os embrulhos, olhou pela janelinha as malas enfileiradas na calçada, sorriu para ele. Antes do embarque, pedira-lhe que comprasse um sanduíche de pernil naquele boteco onde havia homens chistosos tomando batida de maracujá. O sorriso aludia a esse capricho. E ele não podia deixar de relembrar a frase do malicioso companheiro de trabalho, no sábado em que lhe comunicara a viagem sem as crianças: "Então vai ser uma nova lua-de-mel." Realmente ela desabrochara nesses dias ociosos, alongada dos afazeres domésticos, desvencilhada do maternal ou caseiro.

Quando o ônibus começou a andar, o halo noturno que principiara a cercar as ruas se foi alargando. Como são belas as grandes cidades ao anoitecer! pensava ele, olhando os anúncios a néon que irrigavam as alturas da paisagem. Grito, freio de carro, música de restaurante, cafezinho-em-pé, bilheteria de cinema, todos os bulícios e cartazes que se sucediam proclamavam o império de uma vida a nascer entre as luzes ofuscantes. E até a casa mortuária vista durante a parada do ônibus numa rua congestionada parecia perder a sua aura lúgubre, incorporando-se, com uma significação de gentileza, à amarela seqüência noturna.

Passaram os subúrbios e as casarias entreluzentes, apareceram os primeiros campos desolados. E depois houve apenas noite e poeira. O ônibus corria veloz na estrada às vezes ofuscada pelos faróis dos veículos em direção contrária. Pontes, cidades, escuridões, bombas de gasolina, pequenos hotéis, tudo ia desfilando, em sua nevoenta melancolia. Marido e mulher iam em silêncio. Cinco horas de viagem. Os outros passageiros se mexiam vagamente nos bancos, talvez tentassem dormir, possivelmente algum viajava sonhando.

E o ônibus varava o escuro, comia névoas. Seus faróis espalhavam, na estrada a ser percorrida, uma lívida pista de luar. O marido pensava no trabalho que seria retomado no dia seguinte, nas notícias que o esperavam em casa e no escritório. E coisas miúdas iam enchendo a mente da mulher — uma panela a ser consertada, a conta do armazém que não fora paga, a instalação tantas vezes adiada do enxugador de roupa, o número do telefone do antenista para endireitar a televisão. Coisas muito miúdas, decerto — uma das crianças estava precisada de sapatos (Meu Deus, como as crianças gastam sapatos!) e também de um vestido. Como as crianças crescem depressa! Ontem elas estavam num berço, cheiravam a alfazema; hoje corriam para o telefone, falavam em artistas de cinema e concursos de misses, decoravam letras de sambas. Fechou os olhos, suas narinas fremiram. Invadiu-a a sensação de que o ônibus corria em sentido contrário. Ela estava indo agora para São Paulo. Era agora que ia começar a sua viagem, a semana vadia. Abriu de novos os olhos no ônibus escuro. Não, ela já estava de volta, ia mandar instalar um enxugador de roupa junto ao tanque do apartamento, ia levar as crianças a uma sapataria e comprar cortes de fazenda em liquidação. Tornou a fechar os olhos, lembrando-se daquele beijo que lhe dera o marido, no hotel. Era como um beijo antigo, tinha o sabor das grandes reconciliações, das mudas entregas.

O ônibus parou defronte da fachada luminosa recortada na noite. Os passageiros começaram a descer, acorreram para o balcão do restaurante. Marido e mulher também desceram. O ar frio cheirava a gasolina, café e frituras. Aproximaram-se do balcão. Junto a eles, um homem grisalho e obeso mandara abrir uma garrafa de cerveja. Ela quis só um café. Estava sem fome.

Ele foi ao reservado. Quando voltou, ela estava, de perfil, segurando a xícara. Então ele teve um frêmito de susto. Para ingerir o café, o rosto dela parecia crispar-se numa careta entre cômica e pungente, que realçava rugas e vincos. As pessoas que iam e vinham o ocultavam. Assim, ele podia vê-la sem ser notado. Ela estava envelhecendo. Sem pintura, o rosto pálido inundado de luz expunha uma verdade que os cremes, os batons, os lápis de sobrancelha escondiam astuciosamente, criando máscaras sedutoras.

O ônibus continuou a correr na pista luarenta. Ele a envolveu, mudamente, com o braço, ela se lhe achegou ao peito como se quisesse dormir, e assim ficaram. Fora, havia constelações no céu negro, e resplendores que mudavam de lugar. Ela começara a envelhecer, aquele ricto no rosto anulava impiedosamente qualquer dúvida. Estranho que a descoberta estivesse ocorrendo depois daquela semana em São Paulo, quando parecera mais jovem. Ele pensava que deveria protegê-la, ser meigo e atencioso, dar-lhe mais alegria, a fim de que ela não percebesse estar envelhecendo e se sentisse permanentemente segura e requestada.

— Estamos chegando.

As primeiras luzes do Rio tremeram na escuridão. Ela, porém, só levantou o rosto de seu peito quando lhe entrou pelas narinas o cheiro do mar podre. Os armazéns em sombra escondiam os navios.

Em casa, todos dormiam. Pé ante pé, ela foi ver as crianças, que ressonavam. Um travesseiro estava caído no chão — tudo em ordem, ela o sentia nas respirações largadas, no silêncio imenso dos quartos abafados.

— Cansado?

— Muito.

Libertos da poeira da viagem, foram dormir. Fazia calor; deixaram a janela aberta. E dormiram. E sonharam.

No dia seguinte, ela mandou instalar o enxugador de roupa. Ele saiu para trabalhar. Não se lembrava mais de que ela estava envelhecendo. Novos interesses e preocupações reclamaram-lhe a atenção, até que o ricto descoberto naquele rosto habitualmente perto de seus olhos se converteu, como uma lágrima seca, em noite e poeira.

IMUNIDADES

Nenhum autolotação, por mais desengonçado que seja, e possua cadeirinhas que rasguem roupas, e motor cardíaco; nenhum ônibus que lembre trator em caminho de pedras, e oscile como veleiro e cerceie até o direito de respirar dos passageiros — nenhum desses transportes, por mais vexatório, pode equiparar-se ao bonde, que é como uma praça ambulante, entre a cidade e o subúrbio e vice-versa, com as suas paradas fixas e seus trilhos eternamente pararelos.

Nos autolotações e nos ônibus viajam pessoas. No bonde, viaja o povo, democraticamente triste, os funcionários sem promoção, os comerciários solteiros que esperam casar num sábado qualquer, os casais que entrelaçam as mãos como quem guarda duas riquezas gêmeas, os contínuos com os livros do protocolo, e outras corporações do sofrimento. Sentados nos bancos de cinco lugares ou em pé nos estribos, tudo é povo, é o Brasil viajando de bonde.

Ora, aconteceu que, em pé diante do banco de detrás do veículo, encarando os passageiros que, pela sua localização, testemunham sempre os horizontes fugintes que o bonde vai deixando no compasso dos trilhos vencidos, ia um funcionário do Serviço Nacional da Malária do Ministério da Saúde.

A farda era nova, possivelmente se tratava de sua primeira tarefa em serviço, pois a satisfação da investidura recente porejava em cada minúcia do seu traje. Os vincos das calças eram ortodoxos. O quepe ostentava, orgulhosamente, as insígnias da repartição — legíveis! — e a aba era dura e brilhante, sinal de que não se curvara ainda ao peso das decepções funcionais.

Ele estava equipado; levava, seguros pela mão direita, os apetrechos de suas obrigações, com exceção da lanterna, ou melhor, da pilha elétrica posta a tiracolo.

Ia ele em pé no bonde, e seu perfil bastava para dignificar todos os funcionários públicos do país, tal a convicção que o iluminava, e a vontade de servir, e a decisão de lutar.

Como os trabalhadores mais ou menos especializados, ele imaginava, no horizonte limitado de seu raciocínio, que todos os problemas do povo seriam resolvidos através de sua repartição. Malária, para ele, não era apenas uma palavra dura e amarela; exorbitava de tais sutilezas para representar um inimigo. Sentia-se como um guerreiro convocado. Ouvira falar em portentosos programas sanitários, em aviões que despejavam sobre as florestas do interior nuvens medicinais que exterminavam milhões de mosquitos. Coubera-lhe um encargo mais modesto — examinar águas estagnadas com a sua pilha elétrica, usar petróleo, efetuar fiscalizações em ambientes domésticos, mas, de qualquer modo, era um guerreiro.

Ia ele no devaneio salvador quando o cobrador do bonde o chamou à realidade pífia:

— Faz favor!

O funcionário fardado teve um ar de espanto:

— Que favor?

Agarrado ao estribo, suarento, barba por fazer, foi a vez de o cobrador ficar espantado:

— A passagem, ora essa!

Aí, o combatente da malária explodiu numa irritação de brios ofendidos:

— Mas eu não pago!

O outro, zombeteiro, retrucou:

— Mas se o senhor não pagou ainda, como é que não paga?

Sentindo subir-lhe ao rosto, junto ao sangue que o afogueava, uma maré de imunidades, o passageiro bradou:

— Sou funcionário do Serviço Nacional da Malária do Ministério da Saúde. Logo, não pago.

Os chefes do serviço não lhe haviam comunicado esse privilégio, mas era óbvio, tanto assim que não lhe tinham dado o dinheiro das passagens. Portanto, firmava-se no seu ponto de vista.

O cobrador esbravejou:

— Ora já se viu! Todos aqui pagam.

Ele, inflexível:

— Não pago. Já disse que não pago.

O diálogo atraiu curiosidades. O cobrador puxou o cordão da campainha, em pancadinhas de código, e o veículo parou.

— O carro só continua se o senhor pagar.

Aí um corretor fez uma intimação:

— Não posso esperar, nem eu nem os outros passageiros. Nesse caso, o senhor devolve nossas passagens.

— Mas esse cavalheiro (o funcionário se sentiu mais importante ainda) não quer pagar a passagem.

— Não temos nada com isso. Nós é que não podemos ficar prejudicados. O bonde tem de seguir.

Houve puxões espontâneos na campainha, e o veículo continuou a viagem.

— Paga!

— Não pago!

O funcionário do SNM do MS explicou:

— Nós não pagamos passagem. Não vê que viajamos de bonde para acabar com a malária, para beneficiar vocês, o povo?

E, peremptório:

— É da lei. Não pago.

Não tinha bem certeza se era da lei. Contudo arriscara. Além do mais, o cobrador era português, não deveria entender muito de legislação brasileira.

Aí, um passageiro sentado, que não tinha nada com a história, resolveu improvisar-se jurisconsulto, e apoiou:

— O passageiro tem razão. É da lei.

Entretanto, a observação provocou os protestos de um cidadão que estava lendo o *Diário Oficial*:

— Desculpe eu lhe dizer, mas não há nenhuma lei a esse respeito.

O outro se exaltou:

— Como não há? Que autoridade tem o senhor para dizer que não há? Há e muito bem havida. O senhor sabe com quem está falando? O passageiro está prestando um serviço de utilidade pública, não tem obrigação de pagar. Viaja a serviço do Estado.

O leitor do *Diário Oficial* retorquiu:

— Nesse caso, o Estado que pague, para isso cobra impostos.

— O Estado tem regalias, tem imunidades.

O funcionário do SNM sentiu-se imponente, como se fosse o próprio Estado, tornado humano e contemplável por um momento.

O condutor via de longe aquele deblaterar, e o cobrador concluía que não podia discutir até o fim da linha. Vários passageiros, aproveitando-se do incidente, tinham desembarcado sem pagar. Aí ele reuniu todo o desprezo possível e o jogou no rosto do passageiro, aliás já sentado, que insistia em viajar de carona:

— Mata-mosquito!

O serventuário da Malária estremeceu, viu-se devassado, mas reagiu logo:

— Diga o que quiser, mas não sou escravo. Não ganho dinheiro andando em estribo. E viajo de graça, hem? É da lei.

Sentiu-se entusiasmado, dionisiacamente funcional:

— Está na Constituição, ouviu?

E viajou feliz até o fim da linha, com a pilha elétrica, o quepe bem armado, a garrafinha de petróleo e seus futuros mosquitos mortos.

A REVOLUÇÃO

A Revolução foi, a princípio, um ruído como o de um besouro, um zunir ilocalizável, que não estava na copa das árvores, na plantação de mandioca do fundo do sítio ou no jasmineiro insinuado junto ao portão. Logo os nossos ouvidos acompanharam o percurso do rumor que invadia o silêncio quebradiço da tarde. Meu pai, que por um motivo para mim inexplicável se encontrava em casa àquela hora, embora não fosse domingo, foi o primeiro a identificar o barulho. Era um pequeno avião em vôos circulares no céu alto e próspero de gordas nuvens brancas.

Um de nós o localizou, viu-o ringir na imensidão azul-pálida, a voar lento, sumindo nas bandas da lagoa para depois surgir de novo e proejar para os lados da cidade.

Já nos havíamos habituado à passagem de aviões pelo nosso sítio. Um pouco além, era a lagoa Mundaú, onde pousavam os hidroaviões. (E um dia eu haveria de saber que alguns dos aparelhos da Aeropostales que roncavam sobre as nossas cabeças, preparando-se para a descida lacustre, eram pilotados por um homem chamado Antoine de Saint-Exupéry que, de sua carlinga, haveria de reconhecer, nas esparsas luzes de Maceió, os fiéis clarões do universo, a face virada da Terra. E um alagoano impaludado e comedor de barro representaria, para o aviador em busca de sinais verazes, o testemunho da grandeza terrestre). Sim, já nos havíamos familiarizado com os aviões e até com o "Graf Zeppelin". Mas aquele pequeno aparelho zumbidor na tarde alta era diferente. E tanto que, de repente, começou a soltar pedacinhos de papel que se foram espalhando pelo céu, desintegrada chuva branca.

O avião sumiu, reapareceu, uma nuvem o tapou e não tornou a ser visto. Corremos pelo sítio, torcendo para que um daqueles papeizinhos caísse em terras nossas. O vento os levou para outros lugares. Contudo, meia hora depois, apareceu em nosso portão um dos moradores das palhoças da vizinhança. Um dos volantes caíra no Cavalo Morto, e ele viera trazê-lo ao seu doutor (meu pai ainda era guarda-livros, só naquele ano entrara para a Faculdade de Direito do Recife, mas os óculos, a pasta, o sítio e a gravata lhe faziam merecer o tratamento respeitável).

Lembro que meu pai gratificou o portador do volante e o induziu a trazer mais papéis, caso os encontrasse perdidos nas folhagens do Cavalo Morto. Após ler os dizeres impressos, voltou-se para nós e informou-nos:

— É a revolução.

Era a Revolução. Mas o que era a Revolução? Só aos poucos fomos tomando contato com esse complexo sistema de alteração da realidade. Tudo eram conceitos e imagens confusas: eleição, governo, revolução. Minha mãe se aproximou, também queria ouvir. E, como a capacidade de compreensão do auditório tivesse aumentado, meu pai falou nas eleições, na vitória de Júlio Prestes, na derrota de Vargas, em Washington Luís, na Aliança Liberal, em coisas, fatos e nomes que, abruptamente misturados em nossos espíritos, nos davam irisada e vaguíssima idéia de tantas celeumas adultas e longínquas, no cabo do mundo.

Na verdade, revolução, para nós, significava apenas um impertinente avião roncando no céu da tarde e soltando chuvas de papéis. Os demais pormenores terrestres confundiam-se em nossas cabeças, eram nomes vazios, situações enigmáticas.

Dias depois, meu pai confidenciou-nos que alguns carros tinham sido escondidos nos matos do Cavalo Morto; os seus proprietários temiam que ele fossem requisitados pelo Exército. Entre os automóveis escondidos, estava o do doutor Brandão, médico de nossa família.

Possivelmente deixamos de ir à escola durante alguns dias. Ou, então, não houve nada — a revolução não alcançava as nossas pequenas vidas, travava-se em cidades longínquas, em quartéis e palácios distantes. Sabíamos, vagamente, que gente vestida de soldado, e de lenço vermelho amarrado ao pescoço, movia-se tumultuosamente em muitos lugares.

Certo começo de tarde (ou talvez fosse mesmo antes do meio-dia, já que as rasgadas nesgas de luz na terra perto do portão do nosso sítio não se aparelhavam para dar-me, agora, a fúlgida certeza da hora), brincávamos com os filhos de seu Procópio, o vizinho, quando um soldado veio caminhando pela estrada. Acocorados junto ao viçor da folhagem, estávamos a jogar bola de chimbra, mas paramos o jogo, pois era a Revolução em pessoa que se aproximava de nós, aproveitando-se da sombra das cercas para evitar o sol na cara. O soldado passou por nós talvez sem nos olhar, ia decerto pensativo, rumo ao Cavalo Morto. Demonstrei grande coragem, seguindo-o por alguns momentos. Hélio, filho mais velho de seu Procópio, advertiu-me de minha temeridade. E eu deixei de seguir a própria Revolução, voltei para as minhas bolas de chimbra.

As ocorrências de outubro de 1930 — tinha eu seis anos de idade — não ocupariam tanto espaço em minha memória se algumas semanas depois não tivesse havido um acontecimento extraordinário. Alguns soldados de lenço vermelho pararam uma tarde no portão do sítio, tocaram a sineta e foram entrando, ruidosos, familiares. Um deles era Ivinho, sobrinho de meu pai, e que viera de Garanhuns com as tropas da Revolução. Vangloriava-se, juntamente com os seus amigos, de ter invadido Alagoas. Meu pai, pernambucano, luzia de orgulho, principalmente porque alguns parentes haviam participado da conquista da cidadezinha, onde ele viera viver e constituir família, sem abrir mão, porém, de sua pernambucanidade.

Como alagoano, senti-me um pouco incomodado diante dos invasores que, num apreço excessivo pelos meus conhecimentos de História do Brasil, teimavam em fazer-me lembrar que Alagoas já pertencera a Pernambuco. Mas, para compensar-me do vexame daquele assalto inaudito, havia a circunstância de que a família Ivo, de Garanhuns, estivera à frente dos acontecimentos. A rendição de Alagoas aos revoluncionários de 30 tornava-se, assim, fagueiro arranjo de família, sem tripúdio aos vencidos.

LÊDO IVO

Poeta, romancista, ensaísta, Lêdo Ivo nasceu em Maceió, Alagoas, em 1924. Fez a sua primeira formação no Recife e, em 1943, transferiu-se para o Rio, onde continuou a atividade jornalística iniciada na província. Formado pela Faculdade Nacional de Direito da Universidade do Brasil, nunca advogou.

Lêdo Ivo estreou em 1944, com *As Imaginações*, livro de poemas a que se seguiram *Ode e Elegia, Acontecimento do Soneto, Ode ao Crepúsculo, Cântico, Linguagem, Um Brasileiro em Paris, Magias, Estação Central, Finisterra, O Soldado Raso, A Noite Misteriosa* e *Calabar*.

Como poeta, Lêdo Ivo foi distinguido com o Prêmio Luísa Cláudio de Souza, do Pen Club do Brasil, o Prêmio Jabuti, o Prêmio de Poesia da Fundação Cultural do Distrito Federal e o Prêmio Casimiro de Abreu.

Lêdo Ivo pratica também a ficção e o ensaio. Ao seu romance de estréia, *As Alianças* (1947), foi conferido o Prêmio Graça Aranha; e *Ninho de Cobras* conquistou o Prêmio Nacional Walmap de 1973. Os romances *O Caminho sem Aventura, O Sobrinho do General* e *A Morte do Brasil* e o livro de contos *Use a Passagem Subterrânea* completam a sua produção como ficcionista.

Entre seus ensaios, figuram *O Universo Poético de Raul Pompéia, Poesia Observada, Teoria e Celebração, Ladrão de Flor, A Cidade e os Dias* e *A Ética da Aventura*.

Como memorialista, publicou *Confissões de um Poeta*, que mereceu o Prêmio de Memória da Fundação Cultural do Distrito Federal.

Seu romance *Ninho de Cobras* foi lançado em inglês pela editora New Directions, de Nova Iork, sob o título *Snakes' Nest*, e em dinamarquês (*Slangboet*) pela editora Vindrose, de Copenhague. No México, saíram várias coletâneas de poemas seus, entre as quais *La Imaginaria Ventana Abierta, Oda al Crepusculo, Las Pistas* e *Las Islas Inacabadas*. Em Lima, Peru, foi editada uma antologia, *Poemas*.

Em 1982, Lêdo Ivo foi distinguido com o Prêmio Mário de Andrade, conferido pela Academia Brasiliense de Letras ao seu conjunto de obra. O seu livro de ensaios *A Ética da Aventura* mereceu, em 1983, o Prêmio Nacional de Ensaio do Instituto Nacional do Livro. Em 1986, recebeu o Prêmio Homenagem à Cultura, da Nestlé, pela sua obra poética.

Lêdo Ivo pertence à Academia Brasileira de Letras.

COLEÇÃO MELHORES CONTOS

ANÍBAL MACHADO
Seleção e prefácio de Antonio Dimas

LYGIA FAGUNDES TELLES
Seleção e prefácio de Eduardo Portella

BRENO ACCIOLY
Seleção e prefácio de Ricardo Ramos

MARQUES REBELO
Seleção e prefácio de Ary Quintella

MOACYR SCLIAR
Seleção e prefácio de Regina Zilbermann

MACHADO DE ASSIS
Seleção e prefácio de Domício Proença Filho

HERBERTO SALES
Seleção e prefácio de Judith Grossmann

RUBEM BRAGA
Seleção e prefácio de Davi Arrigucci Jr.

LIMA BARRETO
Seleção e prefácio de Francisco de Assis Barbosa

JOÃO ANTÔNIO
Seleção e prefácio de Antônio Hohlfeldt

EÇA DE QUEIRÓS
Seleção e prefácio de Herberto Sales

MÁRIO DE ANDRADE
Seleção e prefácio de Telê Ancona Lopez

LUIZ VILELA
Seleção e prefácio de Wilson Martins

J. J. VEIGA
Seleção e prefácio de J. Aderaldo Castello

JOÃO DO RIO
Seleção e prefácio de Helena Parente Cunha

OLAVO BILAC
Seleção e prefácio de Marisa Lajolo

JOÃO CABRAL DE MELO NETO
Seleção e prefácio de Antonio Carlos Secchin

FERNANDO PESSOA
Seleção e prefácio de Teresa Rita Lopes

AUGUSTO DOS ANJOS
Seleção e prefácio de José Paulo Paes

BOCAGE
Seleção e prefácio de Cleonice Berardinelli

MÁRIO DE ANDRADE
Seleção e prefácio de Gilda de Mello e Souza

PAULO MENDES CAMPOS
Seleção e prefácio de Guilhermino Cesar

LUÍS DELFINO
Seleção e prefácio de Lauro Junkes

GONÇALVES DIAS
Seleção e prefácio de José Carlos Garbuglio

AFFONSO ROMANO DE SANT'ANNA
Seleção e prefácio de Donaldo Schüler

HAROLDO DE CAMPOS
Seleção e prefácio de Inês Oseki-Dépré

GILBERTO MENDONÇA TELES
Seleção e prefácio de Luiz Busatto

GUILHERME DE ALMEIDA
Seleção e prefácio de Carlos Vogt

JORGE DE LIMA
Seleção e prefácio de Gilberto Mendonça Teles

CASIMIRO DE ABREU
Seleção e prefácio de Rubem Braga

Murilo Mendes
Seleção e prefácio de Luciana Stegagno Picchio

Paulo Leminski
Seleção e prefácio de Fred Góes e Álvaro Marins

Raimundo Correia
Seleção e prefácio de Telenia Hill

Cruz e Sousa
Seleção e prefácio de Flávio Aguiar

Dante Milano
Seleção e prefácio de Ivan Junqueira

José Paulo Paes
Seleção e prefácio de Davi Arrigucci Jr.

Cláudio Manuel da Costa
Seleção e prefácio de Francisco Iglésias

Machado de Assis
Seleção e prefácio de Alexei Bueno

Henriqueta Lisboa
Seleção e prefácio de Fábio Lucas

Raul de Leoni*
Seleção e prefácio de Pedro Lyra

Bueno de Rivera*
Seleção e prefácio de Wilson Figueiredo

Alvarenga Peixoto*
Seleção e prefácio de Antonio Arnoni Prado

Ribeiro Couto*
Seleção e prefácio de José Almino

Cesário Verde*
Seleção e prefácio de Leyla Perrone-Moisés

Antero de Quental*
Seleção e prefácio de Benjamin Abdala Junior

Augusto Meyer*
Seleção e prefácio de Tania Franco Carvalhal

PRELO*

COLEÇÃO MELHORES POEMAS

CASTRO ALVES
Seleção e prefácio de Lêdo Ivo

LÊDO IVO
Seleção e prefácio de Sergio Alves Peixoto

FERREIRA GULLAR
Seleção e prefácio de Alfredo Bosi

MARIO QUINTANA
Seleção e prefácio de Fausto Cunha

CARLOS PENA FILHO
Seleção e prefácio de Edilberto Coutinho

TOMÁS ANTÔNIO GONZAGA
Seleção e prefácio de Alexandre Eulalio

MANUEL BANDEIRA
Seleção e prefácio de Francisco de Assis Barbosa

CECÍLIA MEIRELES
Seleção e prefácio de Maria Fernanda

CARLOS NEJAR
Seleção e prefácio de Léo Gilson Ribeiro

LUÍS DE CAMÕES
Seleção e prefácio de Leodegário A. de Azevedo Filho

GREGÓRIO DE MATOS
Seleção e prefácio de Darcy Damasceno

ÁLVARES DE AZEVEDO
Seleção e prefácio de Antonio Candido

MÁRIO FAUSTINO
Seleção e prefácio de Benedito Nunes

ALPHONSUS DE GUIMARAENS
Seleção e prefácio de Alphonsus de Guimaraens Filho

IGNÁCIO DE LOYOLA BRANDÃO
Seleção e prefácio de Deonísio da Silva

HERMILO BORBA FILHO
Seleção e prefácio de Silvio Roberto de Oliveira

LÊDO IVO
Seleção e prefácio de Afrânio Coutinho

BERNARDO ÉLIS
Seleção e prefácio de Gilberto Mendonça Teles

CLARICE LISPECTOR
Seleção e prefácio de Walnice Nogueira Galvão

AUTRAN DOURADO
Seleção e prefácio de João Luiz Lafetá

SIMÕES LOPES NETO
Seleção e prefácio de Dionísio Toledo

RICARDO RAMOS
Seleção e prefácio de Bella Jozef

JOEL SILVEIRA
Seleção e prefácio de Lêdo Ivo

MARCOS REY
Seleção e prefácio de Fábio Lucas

JOÃO ALPHONSUS
Seleção e prefácio de Afonso Henriques Neto

ARTUR AZEVEDO
Seleção e prefácio de Antonio Martins de Araujo

*RIBEIRO COUTO**
Seleção e prefácio de Alberto Venancio Filho

*PRELO**